《當代名家》

陌生人

李家同◎著

故事是思想居住的屋宇

——李家同敘事文學的人文意涵

瘂弦

論者常謂，科學的科學（達於終極）就是哲學，又說，任何功能化思考深邃化了之後，一定會出現文化思考；而文學，則是哲學和文化的形象化、戲劇化。明乎此，對我們的文壇出現這麼多出身科學而卻在文學上大放異彩的作家，就找到一些立論的根據了。

說他們是「異數」，卻隱然也可以追溯出一個家系，一個傳統來。早期的魯迅（**學醫**）、鄭振鐸（**學鐵路**）、徐志摩（**學銀行**）、巴金（**學生物**）、賴和（**學醫**），近期的姚一葦（**學銀行**）、陳之藩（**學電機**）、鄭愁予（**學商**）、林泠（**學生物化學**）、張系國（學電機）等，都可歸為這方面的典型。

得到電機博士的李家同在這個「科學的文學」隊伍裡雖屬後進，但他在文壇崛起的快速，藝術光譜的燦亮耀眼，以及作品發表後所引起的熱烈迴響，實在少人能及，堪稱異數中之異數。

更特別的是，他幾乎沒有經過一般寫作者摸索、練習的青澀階段，出手不凡，一開始便達到相當的藝術高度。這樣的成績，乃是靠長時期的沈潛得來，絕非倖致。據我所知，他的人文傾向和文學愛好，遠在他高中、大學時代就開始了，教書的這些年，他閱讀的範圍極為廣泛，而文學是他的最愛，不管是古典、現代乃至科幻、推理小說，他均有涉獵。他的文藝修養，可以從他發表在聯副上的一篇談讀書的文章〈我的讀書習慣〉中得到證明。這樣一位博覽群籍、具有國際文化視野的人走向寫作的道路，應是最自然的事。

一開始，李家同便以多產作家的身影出現，在近乎狂熱的創作熱情驅使下，他的作品又多又好，無論題材、內容及寫作形式技法均有新的開創，令人耳目一新。第一本書《讓高牆倒下吧》出版後，曾獲得文壇普遍好評，也寫下暢銷的紀錄。近年他文名遠播，駸駸然成爲衆人心目中一位「文化守望者」、一位「意見領袖」和「社會良心」的象徵了。

聯合報副刊一向呼籲「學人上副刊」，希望各學術領域的學者們提筆爲文，把研究室裡知識的芬芳分享給大衆。爲了避免來稿過於專業化一般人不易領會，編者還「不情之請」提出了「長話短說、深話淺說、雅話俗說、冷話熱說」的「無禮要求」，請學人們勉爲其難，遷就副刊這個大衆文化的媒介。這些年來，聯副與學人們合作的經驗十分美好，而李家同的出現，可說是聯副幾年來的重要收獲。他風格獨特的作品，經聯副工作的詩人陳義芝驚艷般的發現後，立刻延攬他成爲主力作家（幾年來他的作品幾乎全部在聯副發表），這段文學因緣，彌足珍貴。

我認爲李家同寫作美學上的成功，主要歸功於他冷峻的生活觀察力、廣博的知識趣味、深厚的同情心和力透紙背的描寫。李家同稱得上一個天才說故事人，他的作品，有一種別人少有的叙述藝術的魅力，特別吸引讀者。通常，他的文章多是緣事而發，圍繞著一個事件展開描述，在體裁上，有些是散文風格的小說，有些是小說風格的散文，間或也有科幻架構的寓言或假想式第一人稱的「自述」，不管是那一種形式，他都能精確的掌握節奏，形成張力，把讀者的閱讀興味提升到最高點，誘發他們進入情景核心，激起普遍的共鳴，得到最大的心靈愉悅和思想啓迪。

西方批評家說沒有細節便沒有文學，世界上無論多麼曲折繁複的故事，三言兩語也可以說完，文學之所以引人入勝，端賴說故事者的叙述技巧，也即所謂深度描寫。讀完本書，我發現李家同不管在故事情節的開展、環境氣氛的釀造、人物內心的刻畫和性格特徵的掌握上，都非常圓熟老到。表面上看，他似乎不重行文只重記事，仔細體會，會發現他語言運用的機心。他文筆簡約，絕少冗長沈悶、浮泛枝蔓的毛病，有時寥寥數筆，就能點染出人物的音容笑貌和內在品質。他常常把寫景、抒情、叙事和人物塑造工程做綜合的處理，通過景物的描繪來烘托人物情緒的變化，鮮活地突顯出人物的性格。基本上，他不爲寫景而寫景，寫景即所以寫人，更多的時候，是因情取景，或借景寫情，情景交匯，文無虛筆，畫出一幅幅色彩鮮明的現實生活圖景，而活躍在這圖景之上的，便是一個個眉目宛然、栩栩如生的人物。這種描寫的功力，如非對生活的邏輯發展有所觀照，對人性的底層開掘深刻，絕對達不到這樣的藝術效果。

但李家同絕對不是一個爲說故事而說故事的人，他每一篇作品，都有鮮明的主題與傾向，都有其文本性（textuality），非常講求厚度、密度、廣度與深度；故事，只不過是他思想居住的屋宇罷了。現代文學中有不少流派主張完全排除社會功能，把主題模糊化、情節開放化，以爲那樣便是前衛，李家同不是現代或後現代幼稚病的患者，他寧可給人保守的印象，也不去趕流行。他的作品告訴我們，「文以載道」的觀念任何時代都不會落伍，問題在於你如何去「載」那個「道」，換句話說，要尋找新方法去載道，不要因襲舊方法去載道；而所謂「道」，應該是廣義的，不一定限於名教，科學的眞、宗教的善、文學的美，都應該包容在這個大道之中。

爲了彰顯道的眞諦，加強說服力，李家同喜歡用夾敘夾議的方式，把描述和議論統合起來，使二者產生互補作用，爲主題的呈現、客觀的說理提供有力的基礎。做爲一個懷有文化使命感、熱烈參與社會生活的知識分子，他在作品中念念不忘要表達的，乃是嚴肅的生活態度、社會的正義、人文關懷，以及對土地與人的摯愛和熱望。他的作品雖然不屬於「怨以怒」一型，但對生活信念的傳達，對社會不良現象的針砭，他從不放棄，他作品中那一齣齣的人間悲喜劇和一個個人物的抽樣，只不過是裝塡他思想意識的框子，在這個框子裡出現的每個人，都有典型意義，每件事，都有審美評價。他不是爲說故事而說故事的作家！

台灣文壇一向缺乏道德感高的作品，也就是題旨崇高的作品。在美學上，崇高和秀美本是兩個相對的存在，並無所謂高下之分，但一個文壇如果秀美有餘崇高不足，那就像一條龍沒有龍骨一樣，總覺欠缺力度。不過這裡所說的崇高，並非指物質形式的巨大雄偉，而是指精神品質的超邁卓越，體現在思想行爲上，便是道德風貌，也就是一種明知不可爲而爲之的「英雄激情」，一種勇敢面對一切橫逆的悲壯。激情，是浪漫與放歌；悲壯，則是虛靜與俠隱。這兩種氣質，同時存在於李家同的作品中，經過文學的演義過程，產生了奇妙的均衡。我沒有特意探究李家同作品中所展現的道德風貌，是否與他篤信天主教有關，不過我相信他的學思歷程，多少會受到宗教義理的影響，像尋找科學上的定律一樣，他通過文學要探求的，應該是人與神、人與自然、人與自己以及人與廣大社會如何面對、相應的德律。不久之前逝世的小說家朱西甯，一生致力於基督教的中國化，試圖把基督教教義與中國古老文化傳統，做一融合，希望從中思考出一些新的精神內涵。從李家同的作品中，我似乎也看到這種企盼。天主教是基督教的古典，天主教與中國古典文化的對比性更強，其思考的空間也更爲遼闊。

佛教的傳入中國後，與中國文化充分融合，激發出新的生命光輝，成爲世界宗教傳播成功的範例。佛教起源於印度，但卻在中國茁壯、開花結果，如果說佛教是中國的，絕對說得通。但天主教、基督教在中國的情形就不大一樣，是演化的時間不夠，還是有其他問題？值得深入探究。我們期待對宗教奧義和中華文化體悟深刻的李家同，通過文學的形象，去尋找其中的答案。

為陌生人請命（自序）

這本書收集了我最近幾年來所發表的文章，大概因爲我的第一本書《讓高牆倒下吧》賣得不錯，聯經出版事業公司願意出版我的第二本書。

我是完完全全的業餘作家，學的是電機，研究的是計算機科學。能夠寫出一些文章來，頗令大家好奇，很多人都在不斷地問我同樣的問題：「李老師，你是學工的，怎麼寫得出這些文章來？」過去我不敢回答這種問題，理由很簡單，我總認爲我的文章不夠好，沒有資格回答這樣的問題。現在，我仍然不敢說我的文章好，可是我的文章好有人認爲是事實，所以我就針對這點在此設法作答吧！

我寫文章分兩個階段：第一個階段是確立一個主題，第二個階段是編一個故事，將這個主題透過故事表現出來。

有一天，我參加一個晚宴，宴會中我提到一個眞實的故事：一位老先生得了老年癡呆症，雖然住在女兒家，卻不認識女兒，因此他對他的女兒分外感激，因爲他以爲自己是陌生人。宴會結束以後，一位客人來找我，告訴我這個故事使他非常感動，勸我將它寫出來，讓大家知道。

當晚在回家的路上，我得了一個有關主題的靈感，那就是我們替陌生人服務是一件有意義的事。

第二階段在於構思一個故事，有的故事的確比較難構思，可是這個故事卻簡單得很，我想了一個幾乎是平舖直敘的故事，因爲當天晚上在一家旅館的餐廳裡吃飯，我就選了一家飯店做爲故事的地點，我在歐洲旅行的時候，常住在一些小而老式的旅館，這些旅館提供晚餐，而且是家庭式的，氣氛非常好，這個經驗使我輕而易舉地寫出了〈陌生人〉。

我雖然很喜歡〈陌生人〉這個短故事，可是我總認爲故事太不曲折。雖然發表了，仍然怕被笑，沒有想到的是很多朋友說這篇文章寫得好，淸大的王炳豐教授就以電子郵件來告訴我他如何地喜歡這個故事。有一位讀者寫信來，建議我如有第二本書問世，應該以「陌生人」爲名。

靜宜有一個女學生，告訴我她的一個故事，她小的時候，生病住在台中榮總，兒童節到了，附近的病童們都回家度假，只有她不能離開，當然心情非常不好。就在這個時候，東海大學的一位女學生帶了一些玩具來看她，還講故事給她聽。

十年後，我們的這位女學生在一家加油站替機車加油，加油站裡的收音機傳出一個消息：台中榮總徵求探訪病人的義工，她立刻打電話去應徵，從此也開始了替陌生人服務的生涯。

每一個時間，每一個地方，都有一些陌生人渴望我們的愛與關懷。全世界有十億人每天可供支配的錢只有一元美金，他們沒有辦法找到好的工作，他們的孩子沒有任何教育，他們沒有好的房屋可住，他們沒有足夠的食物可吃，有的人終生和乾淨的水無緣，對他們而言，醫生和藥品都是只有在夢裡才有的。音樂和藝術，即使在夢裡都沒有。這些數以億計的窮人，對我們而言，全是陌生人。我決定以陌生人作爲第二本書的書名。

要我找一個主題，絕非難事，打開報紙，就可以找到。前一陣子，報上提到青少年飆車的新聞，爲什麼他們要飆車？無非是因爲他們通常沒有什麼成就感，飆車至少使他們有一些成就感。巴西大批青少年站在火車上進站或離站，使我編出了〈飆車〉這個故事。也希望社會能重視飆車孩子們的心理問題。

聽收音機更常使我得到靈感，每到了夏天，收音機裡就會一再警告大家不要到戶外去，因爲紫外線太強了，我每次聽了都很不舒服，因爲有大批在戶外做苦工的勞工們是不能管什麼紫外線的，我們這些在夏天可以在屋內吹冷氣的人，往往會忘掉窗外在烈日下流汗工作的勞工。〈苦工〉是我對他們表示的一點敬意。

我曾經參加評鑑師範大學和師範學院的工作，也不禁對於中小學老師們深表感激。我們國家不是沒有青少年犯罪之事，可是在學校裡念書的青少年很少犯罪的。爲什麼？還不是因爲在學的學生以老師爲他們學習的對象。老師們對國家最大的貢獻不在於學問的傳授，而是在於榜樣的建立，〈考試〉就是在這個觀念之下寫成的，當然這篇文章也是爲了提醒我自己要做一個好老師。

我是有宗教信仰的人，對於天堂和地獄，我一直感謝龔士榮神父，他在一次講道中，說天堂是充滿了愛的地方，地獄則是充滿恨的地方。年紀大了，深深感到這句話有道理。我最同情那些成天心中有恨的人，他們眞是活在地獄之中。我更羨慕那些心中有愛的人，他們簡直就活在天堂之中。天堂或地獄，完全存乎在心也。〈我在天堂嗎？〉就是這樣寫出來的。

我知道上海的龔品梅主教在文革的時候被關進了監獄，可是他在監獄中仍然感動了不少人，共產黨可以將他失去自由，可是永遠無法禁止他做一個好人，〈禁令〉討論的只有這一點：「做一個好人」是我們神聖而不能被剝奪的權利。

我最喜歡的聖經經文是馬太福音（天主教譯成了馬賽福音）第二十五章第三十一節關於公審判的那一段，因爲耶穌說「凡是你替最小弟兄做的，就是替我做」，一下子，耶穌提高了世界上所有弱勢團體的地位，我們基督徒去照顧窮人，探訪病人或犯人，已不再是施捨，而是因爲我們基督徒將他們看成了耶穌基督。這一句話影響力極大，多少基督徒肯到最黑暗的地方去散播愛，完全是因爲這一句話的緣故。可是這一句話怕也是最不受重視的話，因爲幾十億基督徒中，有多少人在照顧「最小的弟兄」？我每次想到這一句話，總會感到無限的慚愧，因爲我自己知道世界上有太多的弱小兄弟需要我的幫忙，而我總找個藉口逃避了。

我已六十多歲了，距離見天主的日子越來越近了，〈五和一〉這篇文章其實是寫給我自己看的，我希望在我的葬禮中，有人肯念這一段經文：「我餓了，你給我飯吃；我渴了，你給我水喝；我赤身露體，你給我衣服穿；……」

我曾經寫過〈我是誰〉，這次寫了〈我是我〉，其中有一些情節可以交代一下。圍城和砲聲忽然停掉的那一段，是我個人的經驗，上海淪陷給共產黨的時候，我在上海，當時只有十歲左右，可是總記得每天晚上可以聽到砲聲隆隆，而且砲聲也越來越近。有一天晚上，忽然幾乎聽不到砲聲了，爸爸注意到了這一點，告訴我們這是大概表示戰事要結束了。第二天早上十一點，爸爸到學校來接我們孩子回家，小學校長在校門口親自送學生們回家，叫大家保重。回到了家，我注意到我們隔壁湯恩伯將軍家門口的哨兵沒有了，我和哥哥藝高膽大，到附近所有的碉堡去看，發現每一座碉堡都已人去樓空。我們曾跑進碉堡去看，希望能找到沒有拿走的槍枝，當然無功而返。第二天，上海就變天了。這一段經驗被我寫進了〈我是我〉。

我們中國文學中有一段著名的「林沖夜奔」，我這次決心東施效顰，寫了一段「小孩晨奔」。說來有趣，有一天，我要一早出遠門，必須在天沒亮就上路，當我開車通過寂無一人的街道時，我想出了一個孩子在清晨逃亡的情節。我暗自得意，因爲這一段頗像電影裡的精彩片段。

希特勒手下有好多位蓋世太保，其中有一位在二次大戰中生了一個兒子，他立刻將他的兒子送給了一個農人夫婦，叫他們將孩子扶養長大，視爲己出，也不要告訴孩子他的親生父親是誰，這個孩子長大了，果眞一表人才，與衆不同，可是有極堅強的宗教信仰，最後進入隱修院，在祈禱中過了一生。這些也被我融入了〈我是我〉。

我喜歡到鄉下去，可是從不到什麼名山大川。對我來講，越荒野的地方越好。我常一個人開車向竹東的深山開去，我有一個浪漫的想法，山中白雲深處一定有一個沒有煩惱的地方，而且我有一個更荒謬的想法，這一次我進入深山以後，就不回去了。

可是我也以我的想法爲恥，這種自私自利追求幸福的念頭實在不對。雖然我沒有去找我想像中的樂園，我卻編出了〈李花村〉這個故事，編這個故事，我爲了自圓其說，加了一段「後記」，當然這後記也是假的，沒想到很多讀者以爲這段後記是眞的。在此要澄清一下。

爲什麼叫李花村呢？因爲當時我在苗栗的山上發現山上漫山遍野地開了李花，這和我的姓沒有什麼關係。

李花村解了我從小就存在的一個謎：誰發現了桃花源？陶淵明沒有給答案？我在〈李花村〉裡將我的答案講了出來。當然這是我對桃花源記的新詮釋，希望文學界不要對我的觀念太介意。

有時文章寫出以後，就有人以爲這是眞的故事，〈瓷娃娃〉就是如此。到過美國的人都喜歡這個故事。這個故事寫在聖誕前夕，在美國，家家戶戶都在點亮聖誕樹，可是家家戶戶也都將陌生人擋在外面。有一次，我去加州找我弟弟，他的電話壞了，沒有聯絡好，我叫了一輛計程車，那位司機是個大漢，他看了地址以後，就大呼不妙，因爲那是新社區，地圖上沒有的，好幾次，他硬了頭皮去敲門，當時已是晚上十點左右，沒有一個人應門。而且我們的車子停在那裡，引起大家的注意，我們可以聽到家家戶戶將大門深鎖的聲音。

我也有過一種完全不一樣的經驗，我去英國訪問咆哮山莊，一路走回來，快近小鎮的時候，在路旁看到一幢小房子，這幢小房子的落地玻璃窗，窗檯上放滿了瓷娃娃，我和我太太都喜歡收藏瓷娃娃，因此我立刻停下來看，我還以爲這是一家古董店，沒有想到這是一家人客廳的玻璃窗。客廳不大，但佈置得非常舒服。這裡顯然治安極好，客廳的玻璃窗才能如此公開地面對馬路。

這兩個不同的經驗聖誕節前夕一齊到了我的腦中，我在一個深夜中寫成了〈瓷娃娃〉。

我必須坦白承認，這個故事的結局非吾所獨創者，而是抄自唐吉訶德的一句話，「你唯一眞正能擁有的財物是你的靈魂」，也許有人會問我這個不學無術的人如何會知道這種名句？靜宜大學的網路首頁中有一個「每週一句」，全是英文名句，當時我是校長，爲了讓學生發現我有學問起見，常上網去看，這一句就是無意中看到的。

小的時候，常和同學們去台北郊外亂逛，有兩次跑進了老和尙住的地方，有一次還被抓進去聽佛法。小孩子根本聽不懂，我的朋友中有一個最爲頑皮，他最不耐煩，老和尙講故事給我們聽，他猛然點頭，他大概想這樣可以使老和尙早點結束。老和尙也眞的結束了，臨走時，提筆寫了「高僧說法，頑石點頭」送他，意思你根本是個調皮的小頑石，弄得我的朋友很不好意思。現在想起來，台灣當時一定有不少有智慧而又仁慈的老和尚。我對這些老和尚懷念不已，將他們寫進了〈前途無量〉，人老了，總免不了會懷舊，讀者不要怪我也。

讀者一定會發現我對西方社會有一些不滿意的地方，〈可以開刀的醫院〉、〈無名氏〉、〈物換星移〉和〈善意的人權〉都是我對武器競賽，貪婪的律師和西方人權微弱的抗議，每一年，人類要花九千億美金在軍備上，我們總該表示一下關心吧！

雖然我對世界上有些事情不滿意，我卻下定決心絕不批評任何個人，這個社會有太多人在批評別人。我覺得我總應該多多自我檢討，而不要一直看別人的錯誤。說實話，我自己說不定也在做同樣的事情，〈祈禱的應驗〉就是在解釋這個觀念。

我們平時都在為我們自己而忙忙碌碌，我們實在應該抽點時間，想想陌生人，一個人如果成天只想到自己，一定煩惱很多，而且也一定不會有多大的快樂。我認識一些在孤兒院服務的人，只要話匣子一打開，他們就會滔滔不絕地談孩子們的事情：某某孩子找了學校，某某孩子找到了事，某某孩子結婚了。他們的生命中，陌生人源源不斷而來。他們的幸福完全建築在那些陌生人的幸福之上。他們的工作永遠不會有終止的一天，因為世界上總有無數不幸的陌生人渴望我們伸出援手。他們是聰明的，當他們要離開人世之時，回顧一生，一定會感到心滿意足，因爲有多少陌生人感受到了他們的溫馨。

我們的親人如果遇到什麼不幸，我們會立刻感覺得到，也立刻會採取行動，來幫助我們的親人，我要在此奉勸讀者看了我的書以後，也能想到世界上那些不幸的陌生人：他們病了，他們沒有食物吃，他們沒有水喝，他們被關進了監獄。當他們在受苦的時候，我們不要做一個旁觀者。信不信由你，如果你試著向陌生人伸出你的手，快樂與和平會排山倒海地來到你的心中。

目次

飆車

再過一分鐘，我就要跳下去了。

我生長在巴西的一個農村，從小就幫我的爸爸種田，念過一年的書，就不念了。可以說我幾乎只認識幾個字，好在鄉下孩子人人都是如此。

村子裡有一條鐵路經過，每天都有火車走過，我好羨慕坐火車的人，也有時會幻想火車去的地方，說起來慚愧，從前，我只知道鄉下地方是什麼樣子的，其他地方，我就完全不知道了。

十七歲那年，我開始也在村子裡找些零工，是替人蓋房子的粗活，我這才知道，做工是可以賺錢的，每次賺了錢，我都給了我媽媽。

有一天，我在田裡做工的時候，村長帶了一個人來，這位先生穿得比較體面，他走近了我，摸摸我的手臂，甚至叫我張開口，讓他看看我的牙齒。我感到有點被侮辱，可是不敢在村長面前表現出來，因爲村長是大家尊敬的人，他識字，有一部腳踏車，也常替我們解決問題。

當天晚上，爸爸告訴我，城裡有一家營造商來鄉下找工人，他們看中了我，怪不得那位先生要親自檢查我的體格夠不夠強壯，我本來就很強壯，最近一年，常要搬運磚頭和水泥，又壯了很多。我當然立刻答應去城裡工作，誰也不願意一輩子在鄉下種田的。

村裡的神父知道我要遠行，趕來看我。他說了一大堆的話，年輕人最不喜歡別人囉嗦，我已記不得他講什麼了，可是我回想起來，他曾說了一句話，他勸我不要羨慕別人，我當時不懂這是什麼意思。

我很快就懂了神父的意思，我在鄉下種田的時候，從不羨慕別人，因爲大家都是一樣的，我們的玩伴們都不識字，也無此需要。到了城裡，當我站在鷹架上做工的時候，大多數的街上行人都穿著西裝，拿著手提箱，他們都是在「辦公室」裡工作的，不像我們，必須在烈日下工作。

我知道他們念過書，會認字，我沒有念過書，也不識字，這就是不同的地方。

我開始羨慕別人了。我羨慕所有念過書，會認字的人。

我們工寮裡有一架機器，領班每天都在機器前敲敲打打，也會利用機器印出一些東西。他們告訴我，這就是電腦，我很想玩這部電腦，可是我沒有念過書，不可能用電腦的。

我的領班告訴我，我領的薪水不能再放在工寮裡，他帶我去一家銀行。我搞了半天，才弄懂什麼叫銀行，領班帶我去開戶，那位行員抬起頭來，對我看了一眼，立刻說：「你可以到第三十二號窗口去辦。」原來三十二號窗口是專門替不識字的人設立的，有行員替我們這種人塡單子。幸好我事先有領班替我塡好了單子，不需要去第三十二號窗口，可是爲什麼行員立刻知道我不識字呢？我爲了到銀行去，還刻意穿了最好的衣服。

大約三個月前，我們工地裡來了一些警察，和領班談了一陣子，走了，什麼事也沒發生。原來當地發生了兇殺案，被殺的人顯然和人吵架，對方竟然將他打死了，警察到我們工地裡來問有沒有工人晚上出去，領班告訴他工人第二天一早要工作，早就睡覺了。警察才離去，我問他爲什麼無緣無故地懷疑我們，他說殺人的傢伙一定是個壯漢，否則不會空手將對方打死的，而我們這些工人卻個個都是壯漢，難怪警察會想到我們。

我常常想，如果我識字多好，識了字，我就變成了另一種人，一種大家比較看得起的人。有一天，我做了一個夢，夢到我在教兒子認字。夢醒以後，我幾乎再也睡不著了，因爲我知道我已十八歲，再也不能回去念書了。

我被警察懷疑的那件事，令我當天氣憤不已，因爲我從小就是個乖孩子，從不和人打架，爸爸不准我的，這也是我被村長介紹到城裡來工作的原因。沒有想到，只因自己是個粗壯的工人，就被警察懷疑。

有一次，我的一位好友忽然爲了一些小事和街上的一名路人打了起來，還好被我們拉開，否則對方眞可能被他打傷。我的這位好朋友一直脾氣很好，爲什麼會忽然發作呢？我懂的，他和我一樣，一直感到人家瞧不起他，打架卻是得到別人尊重的一個辦法。事後，我問我的好友，過去他打過架沒有？他說他是鄉下來的，從來不曾打過架，這一次，他卻有一個衝動，他要打贏來過癮一下，至於萬一被警察抓去，他當時已經管不了了。

當天，輪到我做彎鋼筋的工作，這種工作很少人喜歡的，因爲彎鋼筋要用很大的力氣。說也奇怪，我將我的一股怨氣，完全發洩在鋼筋上，幾十條鋼筋，我一個人兩小時就全部弄彎了。

不久，我參加了火車的飆車族。這是個新玩意兒，玩的人全是窮年輕人，我們站在火車頂上，努力的平衡自己，當然一不平衡，命就沒了。我們這些年輕的建築工人常要走鷹架，因此特別會平衡自己，我們這個工地，人人都去飆過，沒有一個人出過事。

一開始的時候，我們都從慢車開始飆，這叫做初級飆車，警察不准我們在火車靠站時就爬到火車頂上去，所以我們就買一張火車票，完全合法的上了車，火車開動了以後，我們紛紛從窗口爬上火車頂。在火車頂上站著眞是爽得厲害，年輕人都喜歡有速度感的，我們窮人沒有汽車，也買不起機車，站在火車頂上，恐怕是最能滿足我們的速度感了。

對我而言，我飆車的原因是可以肯定自己的價値，我一直覺得有些自卑感，因爲我不識字，而且一輩子也不會被人尊重，可是飆車的時候，我感到我好厲害。我相信我的飆車夥伴一定也是和我一樣，要藉由飆車讓人家瞧得起我們。

飆完慢車以後，有人就會進步到飆快車，站在快車上，感覺更加好了，我們很多同伴都不敢飆快車，可是我們還是學會了飆快車。有一次，站在我前面的一位飆車手一不小心，掉了下去，我也因此休息了一陣子，不久，我又去飆車了。

有一次，我發現一位非常勇敢的飆車手，站在火車要經過的陸橋上，火車通過路橋的時候，他會往下跳，這當然是危險到了極點的動作，可是他成功了，沒有丟掉性命。

我決定也要這樣跳一次，我不敢告訴任何人，因爲我的朋友們一定會勸我不要冒這種危險的，我悄悄地找到了一部慢車，每個週日早上五時離開，五時五十分會經過一座陸橋，路橋高度不高，就在我們工寮附近，我甚至還站在橋墩上演練過往下跳的準備動作。

昨天晚上，我忽然想起去教堂祈禱，教堂裡只有一些老太太在念玫瑰經。我這個年輕人進來祈禱，引起一位白髮蒼蒼的老神父的注意，他跑過來問我，「孩子，你有什麼問題嗎？」我一慌之下，隨口說，「神父，我要遠行了，請神父祝福我。」好心的神父附手在我的頭上，畫了十字，我放心了。

今天是週日，我起了一個大早，來到這座陸橋，橋上靜悄悄地，只有我一個人。我不在乎有沒有人看到我，我只要自己能肯定自己。

現在，我站在橋上，太陽正好升起，火車已在遠處出現，再過一分鐘，我就要往下跳了。

後記：

巴西有一陣子風行火車飆車，很多年輕人因此喪生，也曾經引起國際媒體的注意，飆車族清一色地來自貧民窟，很顯然的，他們在尋求自我肯定和尊敬。

我國的火車，已經電氣化了。兩根連接桿，將火車及高壓線連了起來，各位讀者可以放心，不會有年輕人看了我的文章以後去飆火車的。

我們誰都不願看到年輕人去飆任何的車，可是也不妨設法去了解為何這些年輕人要飆車。

八十四年八月八日聯副

可以開刀的醫院

在從紐約到倫敦的飛機上，我發現我旁邊的旅客頗爲健談，他見識頗廣，不僅對科學很內行，尤其令我好奇的是，他好像對非洲的情形也很了解。

我們無話不談，當然就談到了我們的孩子，我得意洋洋地告訴他，我的兒子才考到了醫師執照，就要到一家大醫院去服務了。

這位旅客忽然安靜了下來，好一陣子，他才告訴我他的兒子也是個醫生，他爲什麼用過去式，難道他已不做醫生了？

旅客拿出了一張照片給我看，照片裡的年輕醫生正在替人看病，一望即知，病人是個窮人，而且是個東方人。然後他告訴我，他兒子已經死了，死的時候只有三十歲。

我感到很不好意思，沒有想到我關於自己兒子的吹噓會引來如此不愉快的話題，不禁感到非常後悔。

我的鄰居旅客看出了我的窘態，他索性告訴了我他兒子的故事，他兒子頗有理想，念醫學院的目的是要替窮人看病，所以他後來參加了一個組織，這個組織專門派醫生到貧困的地方去，他被派到了巴基斯坦的一個偏遠地區。

從兒子的信裡，多多少少可以知道這個地方窮得可以，可是這個兒子卻沒有什麼怨言。有一天，這位先生接到長途電話，說他兒子得了急性的病，已經死了。天氣炎熱無比，當地無法保存遺體，只好立刻火化。打電話的人是他服務的公司駐巴基斯坦的代表，這位代表一再地向他解釋這些都是無可奈何的事。我的朋友接受了這個事實，到機場去將兒子的骨灰拿了回家安葬。

他兒子還有一些遺物，以後都陸陸續續地寄了回來，寄的人是他兒子在巴基斯坦小鎮當醫生時的夥伴，由於信件來往，我的朋友發現這位巴基斯坦醫生曾在美國做過一年研究，全家都移民到美國，只有他堅持理想，留在巴基斯坦做個「赤腳」醫生。

我的朋友對巴基斯坦的這個小村莊發生了興趣，他終於親自去了，他要看看這個兒子唯一服務的地方。

不去則已，一去令他大吃一驚，這個小鎮窮到了極點。就以這個醫院來講吧，整個醫院只有一架電扇，所有的電燈都只有燈泡，而沒有燈罩。電力也時有時無，醫院的設備簡陋得無以復加，連X光儀器都沒有。

當地的醫生是公務員，薪水雖低，但可以過活，嚴重的是醫院的基本藥物等等，都很缺乏，當地都是窮人，付不出一分錢的費用，政府的補助相當少，因此這位醫生還要四處去化緣，使醫院裡有紗布、消毒藥水和其他最起碼的藥物。

我的朋友問他兒子究竟是怎麼死的？他兒子得的其實只是急性盲腸炎，如果立刻開刀，就沒事了。可是這所醫院沒有開刀設備，何況他也不是外科醫生。他騎了腳踏車，到附近的一所警察局打電話，找來一部救護車。救護車來時已經是兩個小時以後的事，而最近可以開刀的醫院在一百二十公里以外，他陪了這位越來越痛苦的病人上路，還沒有到達醫院，病人就斷了氣。

我的朋友忍不住問那位當地醫生，政府有沒有可能，要在附近蓋一所可以動手術的醫院？

當地醫生告訴他，政府的確有此計畫，他們在距離小鎮十里路的小城市裡打算蓋一所比較好的醫院，地找到了，建築師也開始畫圖。沒有想到，政府最後仍然通知他們，蓋醫院的經費沒有了，一切都泡了湯。

我的朋友還問他，為何原有的經費沒有了。

答案是，政府決定要購買一批愛國者飛彈，一枚愛國者飛彈起碼要一千多萬美金，而蓋一所醫院只要十萬美金就夠了，就因為巴基斯坦政府要購買這批飛彈，他們就沒有可以開刀的醫院。

當地醫生告訴他，巴基斯坦和印度是世仇，印度雖然也窮得一塌糊塗，可是擁有航空母艦、長程飛彈和核子潛艇，也難怪巴基斯坦要買愛國者飛彈了。

這位醫生最後大發牢騷，他說他是學科學的，他知道愛國者飛彈之所以如此昂貴，全是因為有一批有學問的科學家終其一生從事發展這種飛彈，由於只有他們懂如何造這種精確無比的武器，出產這種武器的公司當然可以幾乎無限制地提高飛彈的價格，可憐的是窮國家的人民，他們的政府本來就沒有太多的錢，現在要花上大把銀子在購買昂貴武器上，無怪乎什麼建設都沒有了。假如科學家都不願從事武器的研究，窮國家花在武器上的錢會少得多。

事後，我的朋友參觀了當地小學；他發現有些小學教室裡連黑板都沒有，學生靠在沙地上畫來練習寫字。

就在這個時候，我忽然看到了我的鄰居的名字，他的手提箱上有他的名字，我覺得這名字好熟，再對他看一眼，立刻認出了他，原來他是一位著名的感應器學的教授，他在感應器上的研究使他得了一大堆的獎，他寫的書更是這方面的經典之作，我考博士資格考的時候，將他的書看得幾乎背了出來，可是他十多年前就從學術界消失了。

我的朋友承認他的確是那位名人。我老毛病又發了，追問他爲何從此不再發表論文了。我朋友只好告訴我，他在十五年前辭去了教職，去一家專門替國防部發展武器系統的公司做事，而且他帶著苦笑告訴我一件事，他的工作是發展愛國者飛彈，他有一個綽號：愛國者飛彈之父。

他接著告訴我，當年他發展愛國者飛彈的時候，一點良心不安都沒有，因爲愛國者飛彈是專門攔截來襲飛彈的，完全是防衛性的，不可能殺害任何人的。

可是他現在觀念改變了，他知道人類資源有限，雖然愛國者飛彈不會直接殺人，但窮國家只要購買愛國者飛彈，就沒有錢造個可以開刀的醫院，學校也因此沒有黑板，很多造福人民的計畫都會泡了湯。如果不買愛國者飛彈，他兒子說不定仍然活著。

從巴基斯坦回到美國以後，我的朋友辭掉了工作，參加了一個國際救援組織，難怪他對非洲的情形很熟了。

我的朋友還告訴了我一個可怕的數字，在冷戰時期，人類每年花在武器上的錢有一萬億（一兆）美金之多，冷戰結束以後，這個數字降到了九千億左右，平均每一天，人類要花二十五億美金在武器上，也許並未有人直接被武器所殺死，可是一定很多人間接因這些武器而死。

飛機快到目的地了，飛機艙裡的銀幕上開始播報新聞，第一則新聞是有關美國和俄國合作的太空船計畫，進行得非常順利，美國太空人成功進入了俄國的太空站，第二則新聞是美國會要減少聯邦政府對學童營養午餐的補助。

我的朋友對我說，他希望我好好想想太空計畫是否該繼續下去，他說有十三億人的生活在赤貧之中，人類該花這麼多錢在太空計畫上嗎？我這才想起，我上飛機的時候，在看一份美國太空總署的計畫書，他當然會猜我在太空總署工作。

下飛機以前，他送我一本書，裡面全是人類窮困悲慘的照片，看了令人鼻酸。

出了機場，一位英國佬來接我，他興奮得不得了，因爲我們這些太空科學家向歐洲聯盟所提供的跨國研究計畫已被批准，總經費一千萬美金，我們要造一架精密無比的儀器，以供下一次的太空實驗之用。他講的時候，一定在奇怪爲何我毫無興奮之情。我當時在想，這一架儀器，除了可以滿足我們幾位同行的虛榮心和好奇心以外，有什麼用？可是這一千萬美金呢？至少我們可以利用這筆錢造一百家可以開刀的醫院。

八十四年九月六日聯副

我在天堂嗎？

我們的歷史教授是一位飽學之士，他是塞爾維亞人，在念博士學期間，他開始對當年奧圖曼帝國入侵巴爾幹半島有興趣，也寫了好幾本有關這方面的書。

南斯拉夫解體以後，我們的歷史教授不再寫那些學術性濃厚的文章，而改寫相當有煽動性的文章，內容都是談當年土耳其回教徒如何殘害塞爾維亞人，因爲他這一段歷史念得非常好，做的研究也非常徹底，因此他的書本立刻吸引了很多讀者。

塞爾維亞政府對他更是有興趣，他們想鼓動波西尼亞境內的塞爾維亞人和回教徒作戰，歷史教授的著作可以做爲他們政策的理論基礎，所以他順理成章地做了塞爾維亞的文化部長，雖然號稱文化部長，其實根本就是文宣部長。他到處發表演講，表面上講的是塞爾維亞文化有多偉大，可是他總忘不掉攻擊回教文化。

我們的歷史教授從他的內心深處，痛恨回教徒，他認為回教徒根本不應該到歐洲來，如果他有權力，他會將巴爾幹半島的回教徒趕回到土耳其去。

波西尼亞境內的塞爾維亞人領袖對我們的歷史教授佩服之至，他們之所以能夠造成波西尼亞境內長達數年之久的戰亂，完全是由於他文宣的影響。他散播仇恨的方法如此有效，聯合國終於宣布他為戰犯，塞爾維亞政府給他兩位保鑣，其中一位擔任他的司機。

他做夢也沒有想到的是：他在波西尼亞旅行時，座車居然誤觸地雷，這個地雷是自己人放的，放得太多了，炸死了美國派來的特使，第二天就炸死了我們的歷史教授。

在歷史教授的車翻覆了以後，有一個非常短的瞬間，歷史教授還活著，他生前最後一個問題是：萬一有地獄怎麼辦？

歷史教授發現他到了一個世界，除了他以外，還有很多人，大家都在向一位女士報到。輪到歷史教授以後，他報出了他的名字，這位女士對電腦螢幕看了一下，嘆了一口氣說：「教授，你是個戰犯呢！」然後她揮了一下手，召來了一位孔武有力的男士，將一些從電腦裡打出來的資料交給了這位男士，告訴歷史教授應該跟著他走。

歷史教授是個聰明的人，他知道他是不可能反抗的，這位男士雖然是位壯漢，可是卻也彬彬有禮，他看了一下資料，就帶他走到一扇門去。

在門口，男士做了一個請進的姿態，並說了一句話：「教授，進去以前，請將希望放下來。」教授知道這是但丁《神曲》裡的話，意思說地獄裡是沒有希望的。顯然，他是要下地獄了。

歷史教授在推門進入以前，忍不住問帶他的男士，「裡面是不是很恐怖？」這位男士沒有直接回答，他只說：「你進去就知道了。不過你進去了以後，可能會想找我，我給你一張我的名片，如有疑問，可以打電話找我。」

歷史教授在無可奈何的情況之下，推門進去了。

令他大吃一驚的是：門內一片歡樂的景象，對歷史教授，簡直就是回了家，這裡的風景和南斯拉夫的完全一樣，他聽到很多人說塞爾維亞話，感到非常舒服。

可是他慢慢地發現有些不對勁了，因爲他也發現了很多回教徒，看到回教徒不該大驚小怪，問題是回教徒顯然和塞爾維亞人相處得非常好，比方說，他們在一家露天咖啡館喝有土耳其風味的咖啡，喝的人兩種人都有，大家聊得樂不可支。

歷史教授對這種情形非常看不慣，可是也束手無策，他曾經和一些人聊天，發現他們並不是不懂歷史，可是卻並未受到歷史的影響，舉例來說，他曾碰到一位塞爾維亞的年輕人，他已經死了幾百年，當時他在和一位回教徒聊天，這位塞爾維亞年輕人告訴他，幾百年前，奧圖曼帝國入侵巴爾幹半島，他被召去當兵，二十歲就被土耳其人殺死了。而那位回教徒，也是死於那一場戰爭，他們兩個人聊得很快樂，使歷史教授備感困惑，他一再地問他們，怎麼彼此沒有任何仇恨？這位塞爾維亞人一開始根本就不想理他，後來被他問急了，索性告訴他，他們本來就不認識，何來仇恨？一般人民之間是沒有仇恨的，仇恨只存在於領袖之中，是這些領袖散播了仇恨，也是這些領袖們發動了戰爭，一般老百姓只是被煽動了才去打仗的。

歷史教授覺得這簡直不可思議，而後來他偶然碰到了一些認識他的人，其中很多人都是回教徒，而且都是最近才死於他所創導的種族淨化政策。歷史教授非常緊張，怕他們會對他不利，可是他很快地發現這些回教徒，不分男女老幼，一概都對他很好。

歷史教授實在忍不住了，他抓住一個年輕人，問他，「你明明知道是因為我，才使你年紀輕輕就死掉了，而且死以前還受了不少的苦，爲什麼你對我一點仇恨也沒有？」

年輕人對他看了一眼，回答說，「先生，你有沒有搞錯？我如果有仇恨，怎麼會在天堂裡？」

這一下，歷史教授眞的迷糊了，他明明是要下地獄的，現在好像又在天堂裡？他想起了他可以打電話去問問題，電話接通了，他說，「先生，我剛才和人聊天，他說他在天堂裡，這是怎麼一回事？」

「他當然在天堂裡。」

「那我呢？我究竟在那裡！」

「你在地獄裡。要知道天堂和地獄，存乎於心也；心中有愛，就是在天堂，心中有恨，就是在地獄。你老是一直心中有恨，活著的時候，你就在地獄裡，這次被下放到地獄，怪不得任何人，我們只是完成你的志願而已。」

「難道我要永遠地看這些人互相相愛，而自己氣得半死？」

「對了，你將永永遠遠地生活在痛苦之中，因爲你看不慣別人相愛，你只希望別人互相仇恨，可是你是沒有希望了，他們不可能被你煽動的。」

「我勸你看開點，還有比你更糟的呢，希特勒現在就住在猶太人中間，他們當年全都死於他所建造的集中營，現在卻都原諒了他，可是他每次看到他們快快樂樂地，就氣得半死，血壓也會升高，而去看他病的又是猶太人醫生。他到處宣傳反猶太人的理論，沒人理他，大家把他當胡塗老頭子看。他才可憐呢，比起他來，你的情況好得多了，對不對？」

歷史教授掛上了電話，他敲打著桌子，放聲大哭起來，他拚命地叫，「讓我到眞正的地獄去，我受不了這裡！」周圍的人看了他，搖搖頭都走了。

有一位孩子在吃冰淇淋，他看了這位在大哭大叫的歷史教授，大惑不解，問他的媽媽，「他爲什麼這樣難過？」他媽媽告訴他：「這位先生當年什麼都有了，就是缺少一樣東西，那就是愛，所以才會如此痛苦，好可憐！」

八十四年十一月十八日聯副

前途無量

這已是四十年前的事了。

我那時是高二的學生，有一天，我們全班騎腳踏車郊遊，黃昏的時候來到了龍潭的齋明寺，這個廟在大漢溪旁邊的高山上，在廟前大草地上，我們坐著看風景、聊天。當時，我們都很口渴，可是那個時代，中學生是買不起飲料喝的，因爲廟裡通常供應茶水，我們就公推一位同學去廟裡討水喝。

這個同學明明是天主教徒，只見他恭恭敬敬地向那位在廟前散步的老和尚走去，假裝是佛教徒，一面口宣佛號，一面雙手合十，這招果眞有效，老和尚將我們大夥兒全部請進廟裡，不但給我們茶水喝，還拿出一些糕餅給我們吃，我們還進他的書房參觀，他的書房全是線裝書，老和尚當場揮毫，寫字給我們看，在此荒野，碰到一位和藹可親，而又有學問的老和尚，我們同學都覺得不虛此行。

就在我們向老和尚道謝，而且說再見的時候，老和尚忽然說：「你們等一下，我要替你們看相。」

同學們紛紛轉過身來，讓老和尚在我們的臉上掃描了來回各一次，最後他指指一位同學，作個手勢，叫他站到前面來。

這位同學名字最後的字是「丁」，我們叫他「阿丁」，阿丁被老和尚指了以後，乖乖地出列，老和尚拍拍他的肩膀說，「你前途無量。」

阿丁嚇了一跳，喃喃地說：「師父，你一定弄錯了。」可是老和尚十分堅持，他堅定地說：「你最有前途。」說完以後，就放我們走了。

在回家的路上，大家都不願討論老和尚的預言，理由很簡單，阿丁的功課和運動都不錯，可是他家境很不好，我們全班就只有他是要去念師專特師科，其餘同學，人人都要考大學。阿丁說他念高中已是家裡很大的負擔，大學是不可能念的了。念師專有公費，畢業以後，立刻可以到小學去教書，所以他決定去念師專。

其實我們班上公認最有前途的同學是阿川，阿川一表人才，有領袖氣質，人緣好，有組織能力，雖然功課普通，可是體力驚人，身高一八〇公分，籃球校隊，我們怎麼樣也想不懂爲什麼老和尚不選他，而選了阿丁。

還是阿丁自己打破沈默，他說：「我想老和尚一定老胡塗了，阿川才最有前途，我將來是個小學老師，怎麼說我最有前途？」

四十年過去了，我們這一班，大多數同學都有很好的職業，有的是工程師，有的是商人，我做到了大學教授，可是眞正事業非常成功的只有阿川和阿強，阿川做到了部長，阿強是一家建設公司的董事長。

我爲了辦同學會，常需要打電話給老朋友，大家都容易找到，唯獨阿川和阿強不好找，阿川的秘書永遠告訴我他在開會，或者和人談公事。他常要到立法院回答質詢，我發現如果到立法院去找他，說不定還比較容易一點。通常他的秘書會留下我的電話，說部長會回電話的，部長果眞回電話了，可是這一定是一個星期以後的事，而要約一個聚會的時間，那就更難了，部長似乎每天都有約，起碼一個月以後才可以和老朋友見面。

阿強也好不到那裡去。他雖然不必去立法院，可是他要去看工程，也要一天到晚和人家應酬。

內閣改組，阿川部長下台了，他仍然有工作可做，可是影響力和權力都沒有了，我每次打電話去，立刻可以和他聊天，有時候，他還會主動打電話來約我去吃小館子。一年前，這是絕對不可能的事。

阿強呢？他的建設公司不停地推出新的大樓，可是絕大多數都賣不掉，儘管他一再降價，仍然不行，他是被套牢了，有人告訴我，他已經好幾次差一點跳票。

阿丁呢？他早已從小學老師的職務上退休了，他一直在龍潭附近教書，退休以後也住在那裡。

高中畢業四十年，我們決定聚一次，講明不帶老婆，我們要好好地回憶一下四十年前的好日子。阿丁邀我們到他那裡去，因爲只有他住在鄉下。

這次同學會，幾乎所有在台灣的同學都到了，大家聊得很痛快，令我感到有趣的是，大家關心的不是彼此之間的不同，升官發財已不是大家話題，話題好像經常在病痛上打轉，某某同學腰痛，某某同學背痛，某某同學告訴大家有心臟開刀的經驗，某某同學更是偉大，他已換了腎，講得大家膽戰心驚。最讓大家懷念的是四十年前，我們每天中午打籃球，要是現在中午大太陽下叫我們去打球，一定會倒地而亡。

到了下午，阿丁告訴我們，退休以後，他一直在一家孤兒院做義工，而且是每天八小時的義工，他邀請我們去參觀，我們這才發現他是一位大忙人。

短短的一小時，阿丁得耐心地傾聽一個小女孩的告狀，她說另一個小男孩欺侮她，雖然一把鼻涕，一把眼淚，一轉眼，兩個小鬼又玩在一起了。另一個小男孩摔了一跤，跌破膝蓋處，阿丁替他塗紅藥水。這一小時內他接了三個電話，一個替他們的孩子找工作，一個是安排將一個住院的孩子從醫院接回來，還有一個替孩子申請殘障手冊。

對於我們大家，阿丁的工作令我們都羨慕不已，我們的部長大人被一群小孩逮到講一本書上的故事（是阿丁向他們推薦的），他常想混，細節含混帶過，沒有想到一個小孩好幾次糾正他，顯然這小孩對這個故事已經聽得滾瓜爛熟，我們的億萬富翁阿強，到廚房去視察，卻沒有出來，原來他留下來剝豆子，一副自得其樂的樣子。

有人提議，在我們回家以前，再去一次齋明寺。四十年前，這裡全是農舍，現在已經是面目全非，熱鬧得很，幸運的是，齋明寺未受影響，它仍然靜靜地俯視著大漢溪。

又是黃昏的時刻，一個又紅又大的太陽正在對面的山頭落下去。

故地重遊，大家都已髮蒼蒼，免不了有些傷感，當年打打鬧鬧的情景不復再見，代替的是沈默，還是部長大人痛快，他說，我最怕看夕陽，每次看到夕陽，我就想起夕陽無限好，只是近黃昏。大家當然很同情他卸任後的失落感，可是要卸任的，不只他一個人，我們都快到要退休的時候了。

我相信，大家一定都在想當年老和尚對阿丁說的那句話，「你最有前途」，我仍然沒有完全想通他的意思。

就在我們大家發呆的時候，一位學數學的同學回過頭來，對阿丁說，「我終於了解老和尚的意思了，我們這些人，終日忙忙碌碌，都是爲了自己，既然爲自己，就會想到成就，這種只是爲了自己成就，就算再大，也總有限，即使我們中間如果有人做了總統，他也會有下台的一天，而你呢？你現在專門替那些小孩子們服務，我相信你每天都有成就感，這種成就，無所限量，可以永遠持續下去，不會像阿強那樣，每天要擔心不景氣的問題，一旦不景氣，他根本談不上有什麼成就了，難怪老和尚說你前途無量了，他算的命眞準。」

阿丁沒有答話，我們每一個人都似乎同意這一番話。

在回程的路上，我向坐在旁邊的同學說，「為什麼當年老和尚不將他的想法講明白一點？害得我到四十年以後才懂。」我的同學說，「四十年前，即使老和尚眞的講淸楚了，像你這種沒有慧根的人，會聽得懂嗎？」

其實聽不懂的，絕不止我一人，我們當年都是小孩子，怎麼會聽得懂這種有哲理的話，難怪老和尚沒有講明白，可是我有一種感覺，他一定知道，四十年以後，我們會回來的。那時候，我們就可以懂他的話了。

八十四年十二月十八日聯副

李花村

當時只記入山深，
青溪幾曲到雲林；
春來遍是桃花水，
不辨仙源何處尋。

——王維《桃源行》

孩子送來的時候，看上去還不太嚴重，可是當時我就感到有些不妙，根據我在竹東榮民醫院服務三十多年的經驗，這孩子可能得了川崎症，這種病只有小孩子會得，相當危險的。我告訴孩子父母，孩子必須住院，他們有點困惑，因爲小孩子看上去精神還滿好的，甚至不時做些胡鬧的舉動，不過他們很合作，一切聽我的安排。

我一方面請護理人員做了很多必要的檢查，一方面將其他幾位對川崎症有經驗的醫生都找來了，我們看了實驗室送來的報告，發現孩子果眞得了川崎症，而且是高度危險的一種，可能活不過今晚了。

到了晚上十點鐘，距離孩子住院只有五個小時，孩子的情況急轉直下，到了十點半，孩子竟然昏迷不醒了，我只好將實情告訴了孩子的父母，他們第一次聽到川崎症，當我婉轉地告訴他們，孩子可能過不了今天晚上以後，孩子的媽媽立刻昏了過去，他的爸爸丟開了孩子，慌做一團地去救孩子的媽媽，全家陷入一片愁雲慘霧之中。也難怪，這個小孩好可愛，一副聰明相，只有六歲，是這對年輕夫婦唯一的孩子。

孩子的祖父也來了，已經七十五歲，身體健朗得很，他是全家最鎭靜的一位，不時安慰兒子和媳婦，他告訴我，孩子和他幾乎相依爲命，因爲爸爸媽媽都要上班，孩子和爺爺奶奶相處的時間很長。

孩子的祖父一再地說：「我已經七十五歲，我可以走了，偏偏身體好好的，孩子這麼小，爲什麼不能多活幾年？」

我行醫已經快四十年了，以目前情況來看，我相信孩子存活的機會非常小，可是我仍安排他住進加護病房，孩子臉上罩上了氧氣罩，靜靜地躺著。我忽然跪下來作了一個非常誠懇的祈禱，我向上蒼說，我願意走，希望上蒼將孩子留下來。理由很簡單，我已六十五歲，這一輩子活得豐富而舒適，我已對人世沒什麼眷戀，可是孩子只有六歲，讓他活下去，好好地享受人生吧！

孩子的情況居然穩定了下來，但也沒有改善，清晨六時，接替我的王醫生來了，他看我一臉的倦容，勸我趕快回家睡覺。

我發動車子以後，忽然想到鄉下去透透氣，於是沿著路向五指山開去，這條路風景奇佳，清晨更美。

忽然我看到了一個往李花村的牌子，這條我已經走過了幾十次，從來不知道有叫李花村的地方，可是不久我又看到往李花村的牌子，大概二十分鐘以後，我發現一條往右轉的路，李花村到了。到李花村不能開車進去，只有一條可以步行或騎腳踏車的便道。

走了十分鐘，李花村的全景在我面前一覽無遺，李花村是一個山谷，山谷裡漫山遍野地種滿李花，現在正是二月，白色的李花像白雲一般地將整個山谷蓋了起來。

可是，李花村給我最深刻的印象，卻不是白色的李花，而是李花村使我想起了四十年前台灣的鄉下：這裡看不到一輛汽車，除了走路以外，只有騎腳踏車，我也注意到那些農舍裡冒出的炊煙，顯然大家都用柴火燒早飯，更使我感到有趣的是一家雜貨店，一大清早，雜貨店就開門了，有人在買油，他帶了一只瓶子，店主用漏斗從一只大桶裡倒油給他，另一位客人要買兩塊豆腐乳，他帶了一只碗來，店主從一只缸裡小心翼翼地揀了兩塊豆腐乳，放在他的碗裡面。

我在街上漫無目的地亂逛，有一位中年人看到了我，他說，「張醫生早」，我問他怎麼知道我是張醫生，他指指我身上的名牌，我這才想起我沒脫下醫生的白袍子。

中年人說，「張醫生，看起來你似乎一晚上都沒睡覺，要不要到我家去休息一下？」我累得不得了，就答應了。中年人的家也使我想起了四十年前的台灣鄉下房子，他的媽媽問我要不要吃早飯，我當然答應，老太太在燒柴的爐子上熱了一鍋稀飯，煎了一只荷包蛋，還給了我一個熱饅頭，配上花生米和醬瓜，我吃得好舒服。

吃完早餐以後，我躺在竹床上睡著了，醒來，發現已經十二點，溫暖的陽光使我眼睛有點睜不開，看到李花村如此安詳、如此純樸，我實在很想留下來，可是又想起那得了川崎症的孩子。我看到一支電話，就問那位又在廚房裡忙的老太太可不可以借用他們的電話打到竹東去，因爲我關心竹東榮民醫院的一位病人。老太太告訴我這支電話只能通到李花村，打不出去的，她說如果我記掛竹東的病人，就必須回去看。

我謝謝老太太，請她轉告她的兒子，我要回去看我的病人了。沿著進來的路走出李花村，開車回到竹東榮民醫院，令我感到無限快樂的是，孩子活回來了，不但脫離了險境，而且三天以後，孩子就出院了。這眞是奇蹟。

我呢？我一直想再回李花村看看。可是卻再也找不到李花村了，我一共試了五次，每次都看不到往李花村的牌子，那條往右轉的路也不見了，在公路的右邊，只看到山和樹林。我根本不敢和任何人談起我的經驗，大家一定會認爲我老胡塗了，竹東山裡哪有一個開滿了李花的地方？

這是半年前的事。昨天晚上我值班，急診室送來了一個小孩子，他爸爸騎機車載他，車子緊急煞車，孩子飛了出去，頭碰到地，沒有戴安全帽，其結果可想而知，他被送進醫院的時候，連耳朵裡都在不斷地流出血來。我們立刻將他送入手術室，打開他的頭蓋骨，發現他腦子裡已經充血，我們不但要吸掉腦子裡的血，還要替他取出腦袋裡折斷的骨頭，如果他能活下去，我們得替他裝一塊人工不鏽鋼的骨頭。

手術完，孩子的情況越來越危險，能恢復的機會幾乎小到零，可是我知道我如何可以救孩子的命，我跪下來向上蒼祈禱，「只要小孩子活下去，我可以走。」我是眞心的，不是亂開支票。如果孩子活了，我知道我該到那裡去。

清晨五點，一位護士興奮地把我叫進加護病房，那個小孩子睜大眼睛，要喝楊桃汁。他也認得他的父母，他的爸爸抱著他大哭了起來，孩子有些不耐煩，用手推開爸爸，原來他手腳都能動了。

我們在早上八點，將孩子移出加護病房，孩子的爸爸拚命地謝我，他說他再也不敢騎機車載孩子了，又一再稱讚我醫術高明。

我當然知道這是怎麼一回事，我醫術再高明，也救不了這孩子的。

等到一切安置妥當以後，我回到了辦公室，寫了一封信給院長，一封給我的助理，將我的一件羽毛衣送給他，拜託他好好照顧窗口白色的非洲槿，同時勸他早日安定下來，找位賢妻良母型的女孩子結婚。

我上了車，向五指山開去，我知道，這次我一定會找到李花村。

果眞，往李花村的牌子出現了。我將車子停好以後，輕快地走進了李花村，那位中年人又出現了，他說，「張醫生，歡迎你回來，這一次，你要留下來了吧？」我點點頭，這一次，我不會離開李花村了。

附記：

《聯合報》竹苗版的新聞報導，竹東榮民醫院的張醫生去世了，張醫生在竹東醫院行醫三十年，他的忽然去世，令大家傷感不已，因為張醫生生前喜愛小朋友，常常陪病童玩耍，每年耶誕節，他一定會扮耶誕老人來取悅醫院的病童；張醫生年輕時曾愛上一位女友，她因車禍去世，張醫生因而終生未婚。由於他沒有子女，他將遺產送給竹東世光療養院，世光療養院專門照顧智障的孩子，張醫生生前也常抽空去替他們做義工。

令大家不解的是張醫生去世的方式，他的車子被人發現停在往五指山的公路旁邊，整個車子朝右，引擎關掉了，鑰匙也被拔出，放在張醫生的右手口袋，座椅傾斜下去，張醫生就如此安詳地在車內去世，醫生認為他死於心臟病突發，可是張醫生卻從來沒有心臟病。在張醫生死亡的前一天晚上，他奇蹟似地救活了一位因車禍而腦充血的小男孩，當這個小男孩父親一再感激他的時候，張醫生卻一再地宣稱這不是他的功勞。

張醫生的車子向右停，顯示他似乎想向右邊走去，可是公路右邊是一片濃密而深遠的樹林，連一條能步行的小徑都沒有，張醫生究竟想到那裡去呢？這是一個謎。可是從他死去的安詳面容看來，張醫生死亡的時候，似乎有著無限的滿足。

八十五年三月九日聯副

物換星移

我雖然是一個醫學院的腦科教授，由於大學時代是念物理學的，因此對於時空的關係一直保持高度的興趣，我在幾年前開始建造一架將時間往前撥的機器。

我的觀念非常簡單，一開始，我需要一個兩年以後的重要零件，有了這個重要的零件，我可以進入兩年後的世界，到了兩年以後的世界，我可以取回兩年以後世界的一個零件，這下子我可以製造一架機器，使我能進入八年以後的世界。

第一個零件最爲重要，我有一個好朋友，在克魯齊公司做事，克魯齊公司是世界上最大的國防工業公司，他們的研究向來領先很多其他的公司，我的好朋友已經做出他們兩年以後要用的零件，我偷取了一個，使我成功地進入兩年後的世界。以後一切就順利了，下一次，我進入八年後的世界，目前，我可以自由地進出公元二十四世紀的世界，我進去以後可以玩上好幾天，可是在這個時間，我們這裡只有一兩分鐘，機器裝在牆壁上，誰也不知道這是什麼東西，除了我以外，我也帶我那位好友遊玩未來世界一次。

我一直將這個機器予以保密，連家人和同事都不知道這架機器的存在，我的那位朋友更加不敢講了，因為他給我那個零件就是不對的。

有一天，我在研究室裡接到了一通電話，是克魯齊先生親自打來的，這位先生是世界級的首富，也一直保持某種程度的神秘。可是這次他親自打電話給我，邀我去他家，說有事要和我商量。我當時感到好奇怪，因為大家都說克魯齊先生是很少見客人的。他在三十年前開始設計戰鬥機，以後就一再地擴張他的王國，目前他的企業每年的營業額高達四百億美金，其中百分之七十是武器工業，他最厲害的一件事是他始終沒有股票上市，克魯齊先生是克魯齊公司唯一的老闆，他只有一個兒子，這個要繼承王位的孩子大概三十五歲左右，有工程博士的學位，比起他的父親來，這個兒子曝光率大得多了，是個典型的媒體寵兒，一舉一動都是社交新聞。

我一輩子沒有到過有錢人的家，這種超級富豪究竟如何生活的？我好奇之至，因此我就答應他的要求，反正他的私人飛機接我去。一切都安排得好好地。

克魯齊先生在他的書房裡和我見面，書房當然是優雅得無法形容，可是他顯得非常的蒼老，也對我很有禮貌，說話卻開門見山，他告訴我一件沒有什麼人知道的事，他兒子腦子裡一個血瘤忽然爆發了，顯然這個血瘤已經存在很久，可是一點跡象都沒有，所以他們沒有任何預防的措施。目前，他兒子成了植物人，世界上最好的醫生也沒有辦法將他兒子弄清醒過來。

然後他話鋒一轉，告訴我他知道我發明了時間機器，他說他的集團一直注意全世界頂尖科學家的研究，這是他們可以在各種科技上領先的原因，他們是最近才發現這個秘密的，可是他們決定不驚動我，因為他們知道我不肯利用這種機器作商業用途。

聽了這些話，我感到有點不舒服，因為我很不喜歡有人在偷偷地觀察我，我當然也猜到了他找我的目的：一定是和他兒子病情有關。

果眞，克魯齊先生說出他的請求了，他希望我將他的兒子送到未來世界去。也許在那裡，他的腦子可以恢復。

我一開始想完全拒絕的，可是我忽然有了一個好玩的想法，我提出一個條件，如果他的兒子果真清醒了過來，克魯齊先生應該捐出一億美金來作救濟世界上窮人之用。沒想到克魯齊先生立刻答應了，他痛快地答應捐二億美金，比我的要求多一倍。

我做了一些安排，小克魯齊先生在深夜裡進入了我的研究室，五分鐘以後，我從二十四世紀回來，打開了研究室，小克魯齊仍然昏睡在他來時用的輪椅上，我們將他送進了大學附設的醫院，進去不久他醒了過來。

一週以後，克魯齊先生宣布捐款二億給各種慈善事業，其中絕大多數是給非洲的難民。小克魯齊又活躍了起來，二週以後，老克魯齊先生正式宣布退休，他的企業經營權落到了小克魯齊先生。

有一天，我在學校自助餐廳吃飯，也順便看電視新聞，這天的頭條新聞是有關克魯齊公司的，播報員說克魯齊的新總裁小克魯齊，將在今天下午舉行記者招待會。至於他要宣布什麼，沒有人知道，連他的爸爸都不知道，播報員還說，還好他們沒有股票上市，否則股票市場都要受影響了，很多電視台都要在下午現場轉播這個記者招待會。

我在下午三點鐘到教員休息室去看電視轉播，小克魯齊的宣布確實驚人。

他說他認爲戰爭是不對的，因此他決定立刻停止製造任何的武器，生產一半的武器要停止生產，已完成的要摧毀，政府向他訂購的武器系統，他願意以他的財富做賠償。

至於克魯齊公司的全體職員，他說大家不要驚慌，他的財富高達四十億，所以他可以維持大家的薪水四年之久，他保證能領導大家開展新局面，他有很多的新點子，克魯齊公司一定會有新的產品出來。

小克魯齊的聲明非常短，兩分鐘就念完了，念完以後，全場幾十位記者一臉茫然的表情，可是很快就恢復了記者會應有的熱鬧，每一位記者好像都在問同一個問題，爲什麼你過去不反對武器工業？而現在忽然如此堅決地要退出武器工業？

小克魯齊對第一個問題的回答是他不知道他爲什麼過去從未想過戰爭的問題，可是他一再地強調，最近他內心深處，認爲戰爭是不對的，國與國之間，不該有戰爭，既然他反對戰爭，當然不該製造殺人的武器了。

記者們對他這種聽起來完全合乎邏輯的回答似乎不能滿意，小克魯齊不是一位道德家，他是出了名好玩的年輕有錢人，冬天去瑞士滑雪，夏天去夏威夷滑水，平時開的汽車永遠是最新型的跑車，爲什麼他忽然有超越常情的想法？

被記者一再追問，小克魯齊顯得有點困惑，他認爲他的想法一點錯也沒有，爲什麼大家要如此追問他？最後，他問全場記者：「你們之中有沒有一位用打架來解決問題的？」全場沒有一位舉手，於是他下結論了，「既然人與人之間不再用打架解決問題，國與國爲什麼應該有戰爭？我的道理就這麼簡單。」記者會就在這一句話中結束了。

教授休息室的同仁們很多事後留著不走，大家對於這件事仍然表示驚訝，一個年輕的有錢人忽然有崇高的道德感，當然是不可思議的事，最令大家奇怪的是，小克魯齊仍是一副那種闊大少爺的調調兒，他講話的口氣和內容都沒有一點神聖的味道，他說他反對戰爭，有點像他反對虐待兒童，輕鬆而又自然，絕無任何矯揉做作的表情。

大家也不相信他能帶領克魯齊集團到民生工業去，大家認爲除非他的產品全部是新的，才能成功，如果他要製造普通汽車和冰箱，一定失敗。

可是我相信小克魯齊會成功的，可惜我沒有和別人打賭，否則我就赢了。一年以後，克魯齊公司在小克魯齊的帶領下，推出了幾個神乎其技的產品和技術，四年以後，克魯齊又恢復了四百億美元的營業額。

唯一知道其中道理的人就是我，當我帶小克魯齊去第二十四世紀以前，我就知道那時候的人已經能夠修補被損壞的腦子，他們能切除被毀的腦細胞，而以別人的腦細胞來取代，就像我們現在可以移植皮膚和肝臟一樣。可是別人的腦細胞移了過來，別人的想法和經驗也隨著過來。二十四世紀，戰爭已成爲歷史名詞，國與國之間如果有爭執，必須經由國際法庭來解決，絕不可以動武。小克魯齊不知道他曾進入第二十四世紀，更不知道他被移植了第二十四世紀人的想法。他其實已是第二十四世紀的人了，所以他認爲人類不該有戰爭。對他來說，這不是什麼了不起的觀點，第二十四世紀的人，個個有這種想法，他們偶然也會看戰爭電影，這有點像我們有時也看西部武打電影，完全是好玩，多多少少在告訴他們自己人類曾經多麼野蠻過。

二十四世紀的物理學當然也比現在的物理學進步多了，小克魯齊的恩人，沒什麼學問，可是學過二十四世紀的物理學，小克魯齊就靠了這些先進的知識，發明了好多在我們看起來不可思議的新產品。

八十五年五月廿一日聯副

祈禱的應驗

我們這些實習醫生中間，劉醫生是最認眞的一位，每次我們被主治醫生刮鬍子的時候，劉醫生永遠不是被刮的對象，不僅此也，他還常常是被稱讚的對象。一年以前，經過仔細思考以後，他信了教，而且也立刻成爲一位非常認眞的教徒，很多我們年輕人做的胡鬧事情，他都沒有分。不但如此，他也非常痛恨世界上各種做壞事的人。不幸的是：這種人似乎非常多。打開報紙來看，幾乎每天都有壞人做壞事的新聞，除了戰爭販子發動戰爭，政客製造種族仇恨以外，我們似乎看不完各種殺人、搶劫，和勒索的新聞。

我和劉醫生是好朋友，他對我無話不談，他告訴我他常常祈禱，祈禱中的主題永遠都是祈求上天降下怒火，毀滅世界上的壞人。可是他也承認，雖然他非常認眞祈禱，他的祈禱似乎一點也沒有應驗。他不僅非常失望，也非常困惑，他不懂爲什麼上主不理會他的祈禱。劉醫生是一位非常理智而且講究邏輯的人，他說他看不出他的祈禱有什麼毛病。

我們實習醫生都可以住在醫院的單身宿舍裡，有一天，大概是淸晨五點，我正在宿舍裡睡大覺，忽然電話鈴大響，是劉醫生打來的，他叫我趕快到醫院去，我問他什麼事，他不肯說，只說去了就知道。

到了醫院，發現劉醫生在對一台電腦發呆，現在每家醫院都裝設了電腦網路，這些網路也都接到了國際網路，所以我們互相用電子郵件通信，大家有事沒事，都會查一下電子郵件系統，看有沒有人寄信給你。

劉醫生看到我以後，有一副如釋重負的樣子，他叫我走近電腦，然後指給我看一連串他今天收到的信，一望而知，很多都是我們醫生常會收到的信，寄信的人都是醫學界的人，內容也都是醫學的最新消息，也有幾封是同事寄的，可是有一封電子郵件，卻非常奇怪。

這封信的寄信人英文名字是God（上帝），這已經有點古怪，很少人會取這種名字的，可是最怪異的還是地址，以我的地址爲例，我的地址med.ntu.edu.tw是表示我在台灣教育界某某大學的醫學院做事。可是這封信的地址簡單極了。只有一個字：Heaven（天堂）。每封信都有一個主題，這封信的主題是prayer（祈禱），看來，劉醫生收到一封來自天堂的信，寄信人竟然是上帝，也難怪劉醫生嚇壞了。

劉醫生問我該怎麼辦，我說既然信都來了，只好硬著頭皮去看信，劉醫生同意，所以我們就開啓電子郵件系統來看。

信是用英文寫的，內容是有關劉醫生的祈禱，因爲信不長，我到現在還記得裡面的內容。

親愛的劉醫生：

我早就聽到你的祈禱了，你一定奇怪爲什麼我一直沒有對你的祈禱有什麼回應，如果你想知道原因，你可以到（W.W.W.）上去找。

上帝

一九九六年十二月十一日

我們果眞在W.W.W.（World Wide Web）上找到了一個檔案，看來就和這封信有關，打開一看，原來僅是壞人的檔案照片，這些都是劉醫生要上蒼毀滅的人，每人都有一張照片，下面有一些簡單的文字，敘述他的罪行。

第一張照片是被聯合國宣布爲戰犯的波西米亞軍閥，第二張也是，他們的罪行都是發動以種族仇恨爲出發點的戰爭。

我們一張照片一張照片地看，除了戰爭販子以外，還有好幾位是國際上知名的販毒者，也有幾位是台灣綁票而又撕票的人，這些都是我們耳熟能詳的惡棍型人物。

大概看了十張罪人的照片以後，我們忽然看到一張令我們兩人都大吃一驚的照片，因爲這一張是劉醫生的照片，劉醫生不是一位英俊型人物，可是這張照片照得非常好，劉醫生顯得英俊而瀟灑，問題是每一張照片都代表上帝要降義火來消滅這些不義之人，怎麼會自己也是要被毀滅的人。

我們不約而同地趕快看他的罪行敘述，他的罪行敘述第一句話是這麼寫的：

「劉某某醫生，沒有犯過任何的罪，」

這一句話使我們稍微放下了心，可是下面的話，就對劉醫生不利了：

「劉醫生心中從來沒有愛，對於罪人，只想毀滅他們，而從未想到拯救他們。」

劉醫生一下子就癱了下去，我趕快關了電腦，劉醫生一句話也說不出來，好在天亮了，劉醫生可以下班了，我陪他走回宿舍，我們誰都不敢開車，事實上，我們兩個人都有點兩腿發軟，好在單身宿舍不遠，還可以走回去。

兩天以後，劉醫生請假兩星期，兩週以後，他回來上班，他慢慢地有了轉變，雖然仍是教徒，可是比較不再注意別人的罪行，他開始對於病人，非常地關懷，尤其是窮苦無依的老病人，劉醫生一定常去安慰他們。我們大家常常提到所謂的劉醫生巡房，主要是探視那些特別需要關懷的病人，劉醫生並不是以醫生的身分去看他們，他以朋友的身分和他們聊聊，每次他親切的微笑和握手，都給那些病人帶來很大的安慰。

他也開始追我們這裡的一位實習醫生，她姓林，林醫生漂亮、聰明，而且和善，和劉醫生同一個教會，我感到劉醫生有一點在學習林醫生的爲人處事。他們不久宣布訂婚，在實習快結束的時候，他們結婚了，婚後他們宣布，他們要到台東鄉下一個醫院去服務。對我們而言，這是天大的新聞，他們如果要留在台北的大醫院工作，是一定可以做到的，顯然他們有他們的理想。我們大家不僅爲他們高興，也以他們爲榮。

我這個單身漢留在台北工作，有一天，乘休假之便，我到台東去看劉醫生夫婦，劉醫生到車站來接我，然後用吉普車帶我去他們的醫院，這座醫院其實也不小，當然和我們台北工作的地方是不能比了。他們夫婦倆就住在醫院附近。因爲是鄉下，屋子比較寬，還有院子。院子裡花草扶疏，令我們這個來自都市的人羨慕不已。

劉醫生告訴我，他們這裡的醫生是要出診的。明天早上，他就要出診，說來慚愧，醫生出診，對我們城裡人來說，早已成爲歷史上的名詞，所以我興致勃勃地跟隨著他，第二天一早就開著吉普車往山上開去。

我發現，所謂出診，其實不只看病，而是和病人和家屬聊聊，舉例來說，我們來到了一對老夫妻住的地方，老先生八十二歲，老太太七十九歲，兒女個個有成就，兩個兒子都有博士學位，一位在新竹教書，一位在美國，女兒女婿住在台中，老太太六年前得了老年癡呆症，六年來，情況越來越壞，一年以前幾乎變成植物人，白天有人來照料，晚上全靠老先生照料，替她翻身。看到我們到了，老先生顯得好高興，特地泡茶給我們喝，劉醫生也沒有做什麼事，他只是做一些簡單而例行的檢查，然後和老先生談了半小時之久。

還有一位老太太，唯一的兒子在台北工作，老太太心臟不太好，劉醫生來，除了替她看看心臟有沒有問題以外，還替她看了好幾封信，因爲老太太不識字，我也被劉醫生抓去替這位老太太的房間稍微打掃了一下。

第三天，我回台北，劉醫生送我到火車站，在等火車的時候，我忍不住問他對於那件有關電子郵件的事。

劉醫生聽到我問這個問題，立刻爽朗地笑了起來，他說他第一個判斷是這個郵件是否眞的來自上帝。他想到那罪人的名單，發現這些罪人都是大家耳熟能詳的人，如果上帝擬定一分名單，裡面一定會有一些人是大家完全不知道的，可是一位陌生的罪人都沒有，全是有名的罪人。

他到圖書館去查，發現每一張外國罪犯的照片都出自近三個月的《新聞週刊》，最近的戰爭販子都是波西米亞的，無怪乎盧安達的軍閥們無一人上榜。

他想如果眞的是上帝送訊息給他，盧安達的軍閥絕對在名單之上，因此他就開始想，誰在裝神弄鬼嚇他？

有一天，他想通了究竟是誰幹的好事，關鍵就在那張他的照片上，當年，他要申請一種獎學金，需要彩色的大頭照，他沒有想到這張照片將他照得如此英俊瀟灑，不禁在實驗室中「顧照自喜」，就在這個時候，林醫生走進來，他順便給她看這張照片，她也覺得這張照片照得很好，他順水推舟地問她要不要拿一張走，她大方地接受了。她走了以後，他開始做實驗，一不小心，一些酸倒在底片上，不僅底片壞了，連僅有的照片也毀掉了，他當時還爲此事懊惱不已。可是現在想起來，林醫生變成了世界上唯一有這張照片的人，林醫生一直和他同一個教會，知道他的想法，因此她涉嫌最重。

問題是這封怪信是如何寄給他的，他曾試著寄回信去，立刻被退了回來，理由是「查無此地址」。

有一天，他假裝對於網路上的匿名信有興趣，果然林醫生告訴他，她很懂UNIX操作系統，她會將一封信不經過一般的寄信系統，而直接插入操作系統內，信可以送出去，可是收信人永遠不可能回信，地址也可以亂造一個。這有點像有人在郵局內部直接寄信，而不經過郵筒。林醫生當場表演給他看，她假造了一個名字和地址將信寄給了他，而他也收到了。

這下，眞相大白，林醫生顯然是嚇他的人。照說他應該對林醫生懷恨在心才對，可是一來林醫生是位漂亮的女士，而且她一定出於好心，劉醫生開始對她特別地注意，他發現她很少看到別人的壞處，老是看到別人的好處，最重要的是她對人充滿愛心，因爲她已是位實習醫生，她的愛心特別表現在照顧病人上面。我們醫生多多少少會對有社會地位的病人比較注意，林醫生卻對窮苦的病人特別的關心，也許由於她一直對人好，也不計較，所以她老是笑嘻嘻的。劉醫生不知不覺地學習林醫生的爲人處事。最後，一不做，二不休，劉醫生索性追起林醫生來，他們終於結婚了。

對我來講，這眞是又有趣、又浪漫而又有意義的故事，火車還沒有來，我必須問他最後一個問題，「你太太知不知道你已經知道是她搞的鬼？」劉醫生這次笑得更加快樂了，他說：「我從來沒有告訴她我過去參加過戲劇社，我很會表演的，我假裝完全不知道是她做，她被我騙了。」

昨天，我看到了林醫生，她現在是劉太太了，她來台北參加一個醫學的研討會，這次輪到我送她去車站，火車來以前，我忍不住和她談起電子郵件的事情，我問她是不是她假裝上帝來嚇劉醫生，她承認是她幹的好事。我不再問下去，林醫生卻主動告訴我一個我完全沒有料到的事，她知道他的丈夫早已查出事實的眞相。

她說劉醫生是台灣最好的大學醫學院畢業生，也是絕頂聰明的人，她故意在整個事件上弄了些漏洞，比方說，用《新聞週刊》最近的照片，也用那張劉醫生給她的照片，以劉醫生的才能，他一定會查出來是誰做的，她知道一旦他查出是她，必定會去追她，一切果眞不出她所料，劉醫生上了她的當，終於成了她的丈夫。

因爲這一切都是由於劉醫生的祈禱所引起的，我問劉太太有沒有和劉醫生一齊祈禱，她說有的，我問她祈禱的內容主要是什麼，劉太太說他們夫婦兩人一直在祈求上帝賜給他們愛人的能力，也就是說，他們最希望的是能夠愛人如己，除此以外，他們別無所求。

我最後一個問題，「祈禱應驗了沒有？」

劉太太對我笑著說：「放心好了，我們每次祈禱都應驗了，不然我們不會留在台東，快快樂樂地做鄉下醫生。」

在我回宿舍的路上，我一直在想，這個事件眞是喜劇收場，劉醫生改變了他的宗教觀，也找到一位好太太，林醫生如願以償地抓住了劉醫生的心，變成了她的終身伴侶，可是這個故事最大受益應該是台東鄉下的病人們，他們有這樣好的醫生來照料，多麼幸運！

我不禁懷疑，劉醫生也好，林醫生也好，他們都在演一齣戲，而這一齣戲的導演又是誰呢？他一定比我們醫生更聰明。劉醫生和他太太都在他的掌控之中，以他們的聰敏才智，他們當然懂得這層道理的，只是他們心甘情願地聽他的擺布而已。

八十五年六月廿九日聯副

陌生人

說起來，這已是三十年前的事了，當時，我被派到美國去接收一架電腦，三十年前，這是一件大事，我們要受訓三星期之久。

公司替我們找到了一家特別的旅館，這家旅館在華盛頓波多馬克河的河畔，有極大的園子，房子是所謂殖民地時代白色古色古香的建築物，最令我難忘的是旅館家具，全部儘量維持殖民時代的典雅形式，連我的房間裡，還放了一個大的瓷壺，是可以拿來洗手的那一種。

每天晚上七點，旅館搖鈴表示吃飯的時候到了，所有的旅客一起下樓去吃晚飯；老闆是位女士，一定會和我們大家一起吃飯，雖然是洋飯，可是頗有美國南方人的口味，大家一面吃飯，一面聊天，氣氛極好。我雖然很怕吃洋飯，居然每晚都吃得津津有味。

客人們大多數都是年輕人，我到現在還記得一位來自紐約的律師，常告訴我們他在紐約遇到的危險事件，另一對年輕夫婦是一家跨國公司的會計師，兩人都是高薪，在蜜月旅行。有一位來自日本的電子工程師，也每天和我們吃飯，他沒有開口過，大概英文太差了，我猜他有聽沒有懂。

我去了不久後，就注意到旅館裡有一位長住的老太太，這位老太太一個人住一間房，每天下午會到園子裡去散步，總有一位男性侍者悄悄地跟著她，這位老太太對人和善，可是對我們的談話，是無法插嘴的，只能對大家微笑，每次吃完了，她都會謝謝大家，先行離去，因爲她是老太太，大家照例都會站起來送她，以示禮貌，老闆娘一定會陪她走回房間。

我們幾位同事對這位老太太很感興趣，我們知道長期住旅館是相當昂貴的，可是這位老太太卻又不像是有錢人，她一點架子都沒有，而且對大家還特別客氣，每次侍者給她加菜，她一定左謝右謝。

有一天晚上，大概十一點半左右，我們被滿旅館的嘈雜人聲弄醒了，原來老太太不見了，她房間門大開，旅館年輕男旅客都被抓起來找她，因為園子極大，又在河邊，很多人摸黑在園子裡找她。

小陳和我都認為老太太一定夢遊到外面去了，看到十幾位年輕人在園子裡找，我們決定開車出去找，我們沿著右邊轉彎到大路上去，就這麼巧，果然看到胡塗老太太在路上走，已經有一輛汽車停了下來，我們趕到，老太太居然認識我們，也肯跟我們回去。

我們像英雄似的回到了旅館，大家都來恭喜我和小陳，老闆娘看到老太太平安歸來，如釋重負，弄了一杯熱巧克力，強迫老太太喝。老太太仍然笑瞇瞇地不斷謝謝大家，她看到了老闆娘，對她說，「眞要謝謝妳，妳根本不認識我，還對我這樣好，讓我住在這裡，從來不向我要房租，要不是妳，我眞不知道要到那裡去住。」老闆娘聽了這番話，幾乎昏倒了過去，後來索性走到隔壁房間去放聲大哭。

我和小陳對老闆娘的這種反應，深感不解。第二天在吃早餐的時候，老闆娘來找我們，一方面謝謝我們，一方面解釋這位老太太究竟是誰。原來老太太其實是老闆娘的母親，只是她得了老年癡呆症，忘了這位女兒，以為老闆娘是陌生人，因此對老闆娘心存感激，她老是笑咪咪地，也是因爲她認爲她眞有福氣，晚年有陌生人供給吃住，使她無憂無慮地生活，雖然老太太自己很高興，她的女兒心裡總是難過，眼看著自己母親，卻不能叫一聲母親，難怪她聽了老太太那番話以後，會難過得幾乎昏了過去。

我們不久就離開美國，三年以後，我到華盛頓出差，有一天下午無事，特地開了車子，拜訪我住過的那家旅館。

旅館一切如常，生意顯然非常好，老闆娘一眼就認出了我，邀我留下來喝咖啡，她告訴我，她母親過世了，在過世之前，她母親一直快快活活的，因爲她以爲大家都是陌生人，陌生人對她那麼好，當然心情一直很好，她無疾而終，在睡夢中過去的。

我問老闆娘有沒有很遺憾，自己的媽媽始終不認識她，她說剛開始確實如此，後來想開了，就因爲她媽媽得了老年癡呆症，一直以爲她是由陌生人奉養，她母親才會如此地快樂。自從她母親去世以後，老闆娘開始她新的生涯，她決定以她的餘生專門奉獻給陌生人，做一個好的義工，因爲她知道這樣做，會使很多人非常快樂。

老闆娘帶我去一家老人院，她臨走時，帶了一大盒旅館廚房當天烤出來的蛋糕和餅乾，老人們看到她來，都很歡迎，正好是下午茶時間，咖啡和茶由院方供給，糕餅全部由她供給，因爲是現烤的，香氣撲鼻，老闆娘要我和她一起服侍這些老人們，看到老人們對我們的感激，我感到十分快樂，我也深深地了解爲什麼老闆娘喜歡替陌生人服務。

老闆娘事後告訴我，要去服侍老人的人多得不得了，她每週可以去一次，是因爲她帶糕餅去，院方才給她這個特權，我在那裡被一位老先生逮到了，他和我大談電腦，老先生退休以前是一家飛機公司的電腦工程師，進了老人院，從未有人和他談電腦，我被他抓個正著，整整談了一個小時，還是院方管理員來解救我，我才能離開，雖然我累得半死，可是想到這位老人家可以痛痛快快地找人聊想聊的事，也覺得不虛此行。

自從這次以後，我也開始做義工了，做義工永遠是替陌生人服務，絕大多數的時候，我們連對方的名字也弄不清楚，對方更弄不清楚我們是誰。可是我知道，我們雙方都快樂，陌生人被我們服務會由感激而快樂，替陌生人服務當然不會帶給我們任何物質上的好處，可是只要看到對方如此快樂的表情，自己焉有不快樂之理。

八十五年九月二日聯副

無名氏

我們做醫生的人，都要到急診室去值班，在急診室，常要處理出車禍的人，這些可憐的人絕大多數都是由警察找了救護車送來的，極少路人送來，讓肇事者送來更是絕不可能。有一次，一位遭遇車禍的人被抬下來，我們發現他的傷口已經包紮過了，內行人一看就知道這是醫生或護士包紮的，否則不會包得如此之好，可是那位善心的醫生那裡去了？一定是趕快逃之夭夭，原因非常簡單，在美國，大家越來越貪婪，也越來越喜歡打官司告人家，假如你是好心人，將一位在路旁受傷的人送進了醫院，十有八九事後這位先生會告你一狀，說你抬他的時候方法不對，以至於他受傷部位更加嚴重了，醫生如果自動替路人包紮，也會被人告一狀，說他包紮得不對。

有一天晚上，有一輛車直接開到了急診室，一位男士走了出來，告訴我們，他的車子撞倒了一個男孩子，這個男孩子在他的後座，他要我們醫護人員將這位男孩子抬出來，我們的醫護人員發現這個男孩子左腿受了傷，經過緊急處理以後，發現他沒有任何骨折，可是腿部皮膚受傷得非常嚴重，一位皮膚科的醫生，被我們緊急召來，他的結論是一定要進行植皮手術，我們要將他右腿的皮移植到左腿來，他打了一連串的電話以後，終於安排好了第二天早上開刀，進行植皮手術。

我們忙碌了一陣子以後，才發現不知道孩子的名字，這個孩子看起來有十六歲左右，我們請他在一張表格上塡上名字，他塡了「約翰陶士」，在英文，「約翰陶士」代表無名氏的意思，至於他的住址和電話，他一概都不塡，我們問他，他就是不肯回答。

我們從來沒有碰到這種頑固的男孩子，也弄不清楚他爲什麼不肯講出姓名來，我們向他解釋，我們不僅要他的姓名，還要他爸爸的名字，因爲我們必須知道他的保險情況如何，也要他爸爸在一張動手術同意書上簽字，沒有保險，沒有家長簽名，我們是無法開刀的。

這個男孩子也有一套，他說醫生都念過醫學倫理，也都發過誓要救人，總不能見死不救吧！他說他不相信我們這群醫生眼看他皮膚已經完全毀了，而不醫他。

因爲談到保險，送他的那位男士說話了，他說他叫狄克森，他說他有錢，即使孩子沒有保險，他也願意付，說實話，我們從來沒有碰到過這種事，在美國皮膚移植所需要的費用相當驚人，沒有保險，足以使人傾家蕩產，世界上有這種自願出錢替人家醫病的人，我們大家都詫異不已。

可是問題仍在家長的同意書，這孩子又不是叢林跑出來的孩子，他的衣服等等都顯示他來自富有家庭，將來萬一我們被他爸爸告，怎麼辦？

還是那位皮膚科醫生厲害，他說醫院可以將孩子的照片在晚間電視新聞廣播出去，等於招領孩子的爸爸，也可以告訴附近的警察局，這下子，孩子的爸爸一定會來看，因爲我們猜想孩子的爸爸已經有點擔心孩子失蹤了。

男孩子看看大勢已去，就向我們要一張紙和一枝筆，他說他要寫下車禍的經過，他也要我們兩位醫生簽名證明是他親筆寫的，他寫得很清楚，當時他騎了一輛野狼機車，因爲要超車，所以變成逆向行駛，沒有想到前面來了這部車，他的時速高達每小時六十英里，一慌之下，緊急煞車，車子雖然停了下來，人卻飛了出去，對方的車子停了，可是車子仍然壓到他的左腿，雖然狄克森先生立刻倒車，已經毀掉了他的皮膚，他說這一切都是他的錯，狄克森先生一點錯都沒有。

我們兩位醫生簽了字，孩子立刻說出了他的姓名，也說出他爸爸的名字，原來他爸爸是全國衆人皆知的大律師，侯迪士先生。

孩子說他爸爸只想賺錢，從來沒有是非觀念，白可以說成黑，黑可以說成白。他爸爸有時明明知道某人是有罪的，可是他總會抓到檢察官辦案時小小的技術犯規，而大作文章。他知道很多檢驗方法都不能百分之百的有意義，因此他會請最好的科學家來，從學理上分析檢驗方法可能導致的誤差，這些誤差其實都不嚴重，也不該影響證據，可是經過這些科學家的作證，陪審團大多數會對檢察官所提的證據相當不滿意，本來有罪的也變為無罪。

侯迪士先生替人辯護的時候固然厲害，他如果是控方，更永遠是勝訴，他所提出的證據，往往出乎對方意料之外。他的兒子認為侯迪士先生看到自己的兒子受傷得如此嚴重，絕對會控告狄克森先生的，因此他一開始就不肯說出他父親是誰，後來決定親筆寫下車禍的經過，使狄克森先生免於被控。

十五分鐘以後，侯迪士先生來了，我還是第一次看到這一位全國有名的律師，他已經在開車途中以行動電話得知他兒子的病情，他也知道我們這所醫院是相當高級的一所，因此他一進來，就在同意書上簽了字，這時他的兒子藥性發了，昏昏欲睡，我們將他送進加護病房，雖然他並沒有生命危險，可是加護病房細菌比較少，他的皮膚實在受不了細菌感染了。

孩子進入了加護病房，侯迪士先生終於鬆了一口氣，他父親角色扮演完了，律師本色又出來了。他很有禮貌地問我們爲什麼孩子進了醫院以後一個半小時，才通知他？雖然他問的時候非常有禮貌，我聽的人卻是一肚子惱火，我將所有發生的事情全部告訴了他，我告訴他，他的孩子根本就看不起他，也不信任他，孩子不肯說出他的名字，是因爲孩子怕他去控告狄克森先生。我們當然也給侯迪士先生看他兒子親筆寫的車禍經過。

侯迪士先生很認眞地聽我們的陳訴，他慣有的那充滿自信的表情逐漸地消失了，取而代之的是一個非常沮喪的表情。他輕輕的告訴我們，被任何人看不起都不好受，可是被自己兒子看不起，不僅出乎他的意料之外，也使他感到非常難過。可是他也立刻向我們指出，他從來就沒有要控告狄克森先生，在看到他兒子親筆聲明以前，他並不知道車禍是如何發生的，他只知道是狄克森先生送他兒子來的，就因爲他親自送來，侯迪士先生就不會去告一個如此誠實的人？侯迪士先生感到難過的，就在於他的兒子顯然將他想成了一個唯利是圖的人。

由於狄克森先生仍在場，侯迪士先生一方面謝謝他，同時也好奇地問他，他爲什麼會如此慷慨地願意付他兒子的醫藥費？這醫藥費絕對要幾萬美金之多。

狄克森先生說他並不是一位什麼偉大的人，他是個才出道的會計師，在一家信託公司做事，已經做了三年，沒有想到他最近發現他被他的公司陷害了，而且情形還相當嚴重，他發現他完全無力反擊。事情馬上就要爆發了，他也有可能要坐牢，即使不坐牢，他這一輩子的事業也完了，因爲至少他的會計師執照會被吊銷掉。

我沒有聽懂細節，因爲有些名詞我根本聽不懂，狄克森先生的故事，使我想起湯姆克魯斯主演的《黑色豪門企業》，當年看電影的時候以爲是胡扯，沒有想到眞會有這種事。

狄克森先生當天下午發現他被陷害，他當時眞是萬念俱灰，他沒有想到才大學畢業不久，就碰到這種可怕的事，他不但灰心，也對世人失去了信心。當天晚上開車回家，他滿腦子只想自殺，車禍以後，他所表現的鎮靜而且負責任的態度，其實不是他的本意，如果他不想自殺，也就不會親自送孩子來醫院了，他之所以如此慷慨，也是因爲既然想自殺，就不在乎錢了。

侯迪士先生聽了這個故事以後，告訴狄克森先生不要慌張，他有辦法立刻替他解決問題，他問了狄克森先生上司的辦公室號碼，然後當場親自打了一個電話去。當然上司不在，可是可以留言到留言機上去，我聽到侯迪士先生簡單而清晰的聲音：「某某先生，我是侯迪士先生，我現在是狄克森先生的法律顧問，我有重要的事情和你商量，請你打電話給我，我辦公室電話是……。」說完以後，侯迪士先生向狄克森先生保證，他的問題一定會消失的，他的上司絕對不敢再做任何陷害他的事。可是他也勸狄克森先生離開這家信託公司，他說他可以幫狄克森先生找事，他說他明天要在醫院裡等兒子開刀，後天，請狄克森先生上午去找他，他會替他安排工作，狄克森先生看到侯迪士先生親自打電話，又要替他安排工作，放心不少，表情輕鬆多了，顯然恢復了生機。

侯迪士先生離開的時候，我們都勸他以後應該多多替弱勢團體服務，以建立一個比較有正義感的形象，他表示同意。

兩星期以後，男孩子出院了，他穿了鬆鬆的長褲，因爲皮膚仍不能有摩擦，他的爸爸媽媽來接他，也向我們這些醫生們致謝，孩子告訴我他一直想學醫，經過這次手術以後，他更要學醫了，可是他保證他行醫不會以賺錢爲目的，他說他聽說公元四百年左右，中國有一位姓孫的醫生，提倡行醫應該不分貴賤，不分貧富，他對此想法十分嚮往。

這已經是一年前的事情了，在這一年來，我注意到侯迪士先生替一些貧困的老人打官司的新聞，這些貧困老人住在一座老舊房屋之中，屋主要拆屋，他出面替這些老人爭取到相當好的賠償，他依然是名律師，可是已好幾次挺身而出替弱勢團體爭取權益，大家感到他在改變之中。

今天我又在急診室値班，奇怪得很，今天生意冷淡，我無事可做，拿起當地的報紙來看，想不到看到了一則新聞，侯迪士先生的愛女結婚了，他的乘龍快婿是狄克森先生，看起來，狄克森先生不僅因爲侯迪士先生的幫忙而打消自殺的念頭，而且還追上了他的女兒。

而我呢？我終於弄清楚了孩子所說的中國古代醫生是指那一位，他是中國唐代的孫思邈，我覺得他是對的，行醫時，當然不該考慮到病人的貧富和貴賤，可是我將他的想法稍微改了一下，「人不分貧富貴賤，都應能享受一定程度的醫藥治療」，美國有數千萬人沒有醫藥保險。我因此和幾位志同道合的美國醫生們成立了一個孫思邈學會，專門提倡「全民健保」的理想，我認為只有做到全民健保，孫思邈的理想才能落實。

八十五年十二月十七日聯副

禁令

有一陣子，我深深地以爲我的權力奇大無比，文革的時候，我是上海市的市長，任何事情，我都可以禁止，我禁止了絕大多數的電影，我也禁止了絕大多數的小說和書籍，電視和電台永遠都播放樣板節目。

其實我們這些大官一樣可看電影，當然也可以看任何我們要看的書。我是聖約翰大學英文系畢業的，家裡放滿了英文小說，外面的人不能看，我晚上回家照看不誤。有一天，我又拿起《愛麗絲夢遊奇境記》來看，本書有一段，說皇后命令家人將白花油漆成紅花，我覺得這一段有趣得很。第二天，我去一所中學巡視，校園裡種滿了白花，我假裝很不高興，認爲應該改成紅花，他們果眞將白花全部拔掉，改種了紅花。

這個故事傳了出去，運動員再也不敢穿白色的運動衣。過去，至少網球選手是穿白色球衣球褲的，現在他們也只敢穿紅色的運動服。我曾經去看過一場網球賽，發現網球也是紅色的。說實話，我自己也覺得怪怪的。有一位運動員找不到紅色的運動服，只好放棄了比賽。宗教活動，當然是禁止得一乾二淨，上海市再也聽不到和尚的誦經，也聽不到基督教的聖歌，天主教的彌撒更加不要談了。我知道義大利領事館有一位神父，他的彌撒，我不管了，可是只有外國人敢去望彌撒，中國人是誰也不可以去的。

上海向來是個繁華的不夜城，文革期間，由於我們一再禁止各種活動，入夜以後，上海成了一個死城。我每次在晚上回家，座車在外灘附近的路上駛過，我會有一種滿足感，世界上有幾人有這種權力，可以禁止任何我們想禁止的活動？又有誰能將一座不夜城變得如此地死氣沈沈？

可是，忽然四人幫垮台了，那一天晚上十點，我在上海的住所被軍隊圍住，當時我正在看一部好萊塢的老電影，當晚我就被送到了北京城，從此失去自由。十惡大審，我也有分，結果是無期徒刑，令我弄不清楚的是，我爲何要被送回上海坐牢？

我想我下輩子不會有好日子過了。我知道監獄本來不是好過的地方。像我這種過街老鼠，一定有的是苦日子了。

可是一切都和我想的相反，我太太仍可以來看我，我兒子當然不太敢來，也難怪他，畢竟他還要顧及他的前途。最使我不解的是，監獄沒有什麼虐待犯人的事，一切都照了規矩來做，我雖然失去了自由，可是沒有受到任何的凌辱，監獄需要有人教英文，我變成了英文老師。我也要服勞役。可是工作不重，除了掃地以外，我還要照顧一些花草。滑稽的是，很多都是白花。

有一天，我上完英文課，有一個小兵來看我。我是個很敏感的人，我早就感到他想要找我談，可是他一直好像不敢啓口。他告訴我他姓楊，在這裡做警衛已經快六年了。他問我認不認得一位叫做王天恩的老朋友。我當然記得，王天恩是我初中、高中和大學的同學，在大學裡，我念英文，他念物理。我們共同嗜好是打籃球，一有空，我們就去打籃球。可是我們大學畢業以後，就完全分道揚鑣了。

這位警衛告訴我，王神父在文革結束前去世了，王神父常提到我，他說我是人在江湖，身不由己。我並沒有太壞，可是形勢比人強，不可能走回頭路，我聽了以後，有些傷感。沒想到他被我關進了監獄，還替我講好話，而當年和我密切來往的人呢？他們早已和我畫清界線了。

我一直左傾，而且在大學時就偷偷參加了共產黨的地下組織。爲了不讓人知道我的想法，我儘量裝出一副洋派的樣子，成天看外國雜誌，宿舍牆上貼滿了外國電影明星的照片，我當然絕口不批評國民黨政府，也從不參加反政府的活動。在同學的眼光中，我是個只想到自己的傢伙。

畢業以後，我順利進入上海的英文報社工作。解放軍一進城，我就開始紅起來了。王天恩呢？他完全相反，他對當時的政府極爲不滿，可是他又是個天主教徒，所以他不太參加激烈的反政府活動。他家很富有，畢業以後，王天恩到美國留學去了。我們常常通信，在他拿到碩士以後，他告訴我一個令我十分驚奇的決定，他要去做神父了。我當時已是人民政府的官員，決定不再和他通信。

七年以後，我收到王天恩從美國寄來的信，他說他已經是神父，而且要回上海了。我立刻寫信告訴他，勸他無論如何不要回來。

可是他仍然回來了，我們雖然好幾次展開對天主教的迫害，王天恩神父都沒事。大家都知道，我在暗中保護他。

文革開始，天主堂——關掉，大批神父下放、坐牢。有幾個神父被我們逼得還俗。王神父沒有了教堂，但他仍每天在住所裡做彌撒，而且也有教友偷偷去望彌撒。

我知道我不能忍受這種事情，我請他到我家來，很坦白地告訴他，他可以偷偷地做彌撒，比方說，深夜以後，將門窗緊閉，窗簾拉下，只要沒有人看到，他做彌撒，我可以假裝不知道。將門窗大開地公開做彌撒，我一定要禁止。

第二天，王天恩在早上八點公開地做彌撒，如果這件事我禁止不了，我還能做上海市長嗎？警察將他帶走的時候，他已經將衣服和牙刷包成一個小包，顯然他早已有準備。我稍微關照了一下監獄裡的負責人，不要太難爲王神父，可是我一再強調，絕不准他再做彌撒。王天恩進了監獄，我就將他忘掉了，現在楊姓小兵問起他，我才想起當年他也關在這裡。而且我也想起我當年的禁令。

我問這位小兵，王神父有沒有做彌撒？他說，他沒有看到王神父做彌撒，可是他的愛心是出了名的，無論他受了多少苦，王神父從不口出怨言，而且對於折磨他的人，他也沒有任何仇恨。他不僅一直安慰而且關心同牢的犯人，他也同時關心折磨他的人。他偷偷地利用機會講一些天主教的基本道理，很多人都領了洗，這位小兵就領了洗，他還告訴我一個驚人的事。連副典獄長也領了洗。

由於王神父的感召，這所監獄裡一直有一種祥和的氣氛，怪不得我進來以後，就沒有感到任何的恐怖。

我問他，王神父有沒有偷偷地帶大家過聖誕節？他說沒有，可是每年的聖誕夜，王神父都會告訴大家，共產黨可以禁止大家過聖誕節，可是他們不能禁止耶穌來的。

我聽了有點害怕起來。我追問他，他真的看到耶穌來過監獄裡？他說每年聖誕夜，他都會要求站夜班的崗，在萬籟俱寂中，他每年都感到耶穌來過。他說現在文革已過，他們可以到城裡過聖誕節，聖誕夜熱鬧無比，奇怪得很，他反而沒有感到耶穌來過。

小兵給我看一張紙，是王神父臨終時偷偷寫了交給他的，王神父囑咐他等到文革過去以後，將這張紙交給我。王神父說，他將來一定有機會會遇到我。我拿過來看，發現紙上這樣寫的：

小李：

我要離開人世了，我要在此謝謝你，你將我關進了監獄，卻給了我一個機會，做一

個眞正好的基督徒。

你應該知道，你可以禁止一切，就是不能禁止我愛人，也不能禁止我寬恕所有迫害我的人。好好保重，我會爲你祈禱的，總有一天，我們又要一起打籃球了。

你的好友王天恩上

我的眼睛濕了，我該感謝他才對，是他使我在監獄中，沒有受到太多的苦痛。我現在才知道，世上有些事情是禁止不了的。王神父進了監獄，卻成功地使監獄裡充滿了愛，當年我將他送進監獄，沒想到我還受到了他的好處。

我終於想通了，王天恩決定要回國時，就已經知道會失去自由，可是他不怕，因爲三反五反也好，文革也好，都無法禁止他做一個好人，對他而言，文革從來沒有開始過，很多人想做的事情都因爲文革而停下來，王天恩卻沒有，因爲他只有一個願望：做一個好人，又有誰能阻止他成全這個願望呢？無論什麼環境，他都可以做一個好人。

八十六年一月卅日聯副

我是我

回想起來，我的童年應該是比同年紀的德國孩子要舒服得多。我是德國人，五歲的時候，正值二次大戰，爸爸在蘇聯境內陣亡了，六歲的時候，我唯一的哥哥也陣亡了，我和我的母親相依爲命。在二次大戰期間，這不是什麼了不起的事，我的鄰居玩伴們，幾乎都失去了爸爸，即使爸爸或大哥哥還活著，也都在前線打仗。

我還記得在我八歲的時候，日子越來越不好過，本來店裡可以買到很多的東西，現在東西越來越少。我總記得有一次媽媽帶我去一家百貨公司，裡面幾乎都是空的，連玩具都少得不得了。

可是我們家似乎一直受到政府的特別照顧，每三天，就有人送食物來，鄰居都羨慕我們，他們很難買到牛奶和肉，我和我母親卻從不缺乏牛奶和肉，我甚至一直吃到巧克力糖，我知道鄰居早已吃不到蛋糕了，我們卻過一陣子就有人送蛋糕來，據我記憶所知，媽媽從不需要上街買菜。

我六歲開始進小學，念的是柏林城裡最好的小學，每天早上，有一個小兵開車送我去，放學時也有小兵接我回來。我雖然小，也知道我們的情況非常特殊，我問母親爲什麼政府如此照顧我們，她說：「傻小子，難道你不知道你爸爸和哥哥都替國家犧牲了性命？政府當然會對我們好。」我可不太相信媽媽的話，理由很簡單，我的同學也失去了爸爸和哥哥，他們爲什麼沒有人送食物來？也沒有小兵開車送他們上學。

到後來砲聲越來越清晰。媽媽偷偷地告訴我，俄國軍隊已逼近。有一天，媽媽告訴我，柏林城所有的學校都已關閉，事實上我上課的小學只有一半教室可用。我記得最後一次上課，正好碰到空襲，我們在地下室躲了二個小時，出來的時候，發現附近到處大火，我們都無心上課，只等家人來接我們回去。

砲聲聽起來越來越近，媽媽也越來越焦慮。我當時還是個小孩，還不懂什麼是害怕，看到外面軍隊調動，還有些興奮，可是連我這個小孩子都看得出來，我們德國軍隊是輸定了。看到軍人疲憊不堪的表情，我也很難過。

有一天下午，媽媽忽然告訴我，街上出奇地安靜，一個軍人都看不見，本來我們家門口附近永遠有一個兵在站崗，現在他也不見了。更奇怪的是，砲聲也停了，我問媽媽爲什麼砲聲停了，媽媽告訴我大概俄國軍隊馬上就要進城了。

當天晚上，我睡得很熟，因爲外面靜到極點，大概早上五點，媽媽把我叫醒，她替我穿好衣服，然後叫我做一件我當時覺得簡直不可思議的事，她叫我趕快逃離柏林，越快越好，媽媽告訴我該沿一條大路向北走，最好快跑，媽媽說，如果我快步走，大約兩個小時，就可以逃到鄉下，到了鄉下，我應該設法讓一個鄉下家庭收容我，媽媽一再強調我必須忘掉爸爸媽媽，不要再回來。當時外面一片漆黑，我當然不肯，大哭起來，可是媽媽最後還是說服了我，她準備了一瓶熱牛奶和兩塊麵包，她說我應該將食物吃掉以後，將熱水瓶丟掉，一定要裝得很可憐的樣子。她也送了我一個十字架的項鍊掛在脖子上，同時，她又塞了一張紙在我的衣服口袋裡。

媽媽和我緊緊擁抱以後，還是趕我走。我走到了街上，回頭看媽媽，發現她正在擦眼淚，可是她很快地關上了門，我知道我非走不可了。我念的學校很注重體能訓練，所以我可以快步走很長的路，大約天亮的時候，我聽到砲聲再度大作，可是大概一小時以後，砲聲忽然全部停了，我知道俄國軍隊一定進城了，我可以想像得到俄國坦克進城的景象，我當然最擔心的是我的媽媽。

鄉下總算到了，我已經累得走不動，我找了一家農舍，發現馬槽大門開著，那時天才亮，鄉下人還沒有出來，我就進入了馬槽，馬槽裡有一匹馬和一頭牛，牠們對我這個小孩子的侵入，似乎毫不在意，我看上了馬槽裡的一堆稻草，倒上去就睡著了。

醒來以後，我發現我躺在一張舒適的床上，一位老太太大概一直坐在我身旁。看見我醒來，向窗外大聲地叫她的丈夫回來，這對慈祥的老夫婦問我是怎麼一回事，我說我父親哥哥都已去世，俄國軍隊快進城了，媽媽帶我逃離，因爲難民人數相當多，我和媽媽失去了聯絡，媽媽曾告訴我，萬一走散了，應該儘量到鄉下去，那裡總會有好心的農人會收容我的，所以我就往鄉下走來。

老夫婦立刻告訴我，我可以留下來，他們有三個兒子，兩個都已經打仗死了，一個仍在波蘭，前些日子仍有信來。他們好像十分喜歡我，替我弄了一些熱的東西吃，吃了以後替我洗了澡，然後叫我再上床去睡覺。我放心了，也默默地告訴媽媽，希望她也能放心。

老夫婦年紀都相當大了，田裡的粗工都不能做，可是仍在田裡種些菜，我也幫他們的忙。他們都信仰基督教，主日一定會去教堂，我也跟著去，老夫婦告訴我，我媽媽塞進我衣物的一張紙，是我的領洗證明，這又令我困惑了，媽媽雖然常去教堂，卻從不帶我去，理由是我太小。可是我同年紀的朋友們卻都常進教堂，我知道媽媽會祈禱，可是從不教我祈禱，現在她要我離開家，爲什麼要讓我知道其實我已經領洗，我領洗這件事顯然是個秘密。

有一天，我和老先生一起在田裡工作，忽然聽到附近教堂裡傳出鐘聲，老先生立刻停下工作，他告訴我歐戰一定已經結束了，我們全家人都到教堂去慶祝，整個村莊的人都來了，我發現一個年輕的男人都沒有出現，顯然我們國家將年輕男人幾乎都徵召去作戰了。

到這時候，我已經叫他們爸爸媽媽，他們正式到法院登記收養了我，我也就有了養父養母。我的養父養母最大的願望是要看到我波蘭的二哥安全歸來。

二哥終於回來了，我永遠記得他出現在家門口時所引起的興奮，養母抱著他又哭又笑。他問了我的來歷以後，對我非常和氣。養母立刻到廚房裡張羅吃的，雖然不是什麼山珍海味，二哥仍將菜吃得一滴不剩，他說這兩年來，每天都想吃媽媽做的菜。

二哥安定下來以後，開始告訴我們納粹黨徒在波蘭殺害猶太人的罪行，二哥談這些事時，養父有時叫我離開，大概因爲我是小孩子，不應該聽這些殘忍的事情。可是我仍然知道了我們德國人如何制度化地殺害了無數的猶太人。

有一天，二哥告訴我，有一個猶太小孩被抓去洗澡，他知道這就是他要被毒氣毒死的意思，這個小孩子講德國話，他問：「我是個小孩，我沒有犯什麼錯，爲什麼我要死？」說到這裡，二哥非常難過，眼淚流了出來，我覺得他認爲他犯了一個很大的罪，因爲他曾被迫參加了這個慘無人道的大屠殺。

二哥對我影響至甚，我從此痛恨納粹黨人在二次大戰的罪行，也對於各種族、各宗教之間的隔閡非常不以爲然。二哥改信天主教，而且一不作，二不休，進入了山上的一座隱修院，以苦修來度其一生。隱修士不僅不吃肉，也不互相講話，而且是永遠不離開隱修院的，我們全家都參加了他入會的儀式，在葛雷果聖歌中，二哥穿了白色的修士衣服走了出來，由於他的帽子幾乎遮住了他的臉，我差一點認不出來，我那時候只有九歲。二哥是我們家唯一能種田的人，但養父養母仍然一直鼓勵他去度這苦修的生活，他們知道二哥深深認爲人類罪孽深重，而要以苦修來替世人贖罪。

我們全家人每年必定至少去看二哥一次，看到他穿著白色道袍在聖歌中步入教堂，我們都感到光榮無比。

而我呢？我進了小學，而且表現很好，功課永遠第一名，我似乎也有一些領導才能，因此我組織了一個學生社團，宗旨是促進不同種族和不同宗教間的信任和諒解。我們發現附近有回教徒，就去參加他們的禮拜，我們多數是基督徒，可是一再邀請猶太教的教士來演講，也參加了他們的儀式。我希望當年納粹黨徒所傳播的種族仇恨再也不能發生了。

我一直掛記著我的生母，我的老家畫入了東柏林，我花了很大的功夫，在我二十歲的那一年，進入了東柏林，發現我的老家已經不在了，當局造了一棟新的公寓，虧得我找到了一家雜貨店，雜貨店的老闆娘記得我媽媽。柏林陷落以後，我媽媽仍然活著，後來就搬走了。我有點悵然，可是知道媽媽沒死於砲火，也放心不少。

由於我的成績好，輕而易舉地得獎學金，進入了哥廷根大學念生物，我有全額獎學金，可惜我養父在我大一的時候就去世了。畢業以後，我回到了鄉下，在一所中學教生物，也結了婚，有一個小女兒，養母和我們一起住。

我太太和我有同樣的觀點，我們都有宗教信仰，也推行不同種族之間的共融。

有一天晚上我在看電視，電視上有一個尋人節目，我偶然會看這種節目，因爲我希望看到我媽媽找我的消息，這一天，我竟然看到了，雖然我媽媽老了很多，我仍認得出她來，而且她的名字也完全正確。她已病重說她要和我見最後一面。

我立刻趕去，當時我已二十八歲，離開她時我只有八歲，媽媽當然認不出我來，可是我帶了十字架項鍊，也帶了領洗證明，我也可以說出很多小時候有趣的故事，媽媽知道她終於找到她的兒子。

我告訴媽媽這二十年的經過，媽媽在病榻之上仔細地聽，可是她似乎最關心的是我對納粹的看法，我告訴她我痛恨納粹的行爲。她問我有無宗教信仰，我告訴她我們全家都信教，女兒一生出來就領了洗，每主日都去做禮拜。

媽媽最後問我一句話：「孩子，你是不是一個好人？」我告訴媽媽，我雖不是聖人，但總應該算是個好人。媽媽聽了以後，滿臉寬慰的表情，她說：「孩子，我放心了，我可以安心地走了，因爲我的祈禱終於應驗了。」

我一頭霧水，我不懂爲什麼媽媽當年要拋棄我，現在又一再地關心我是不是一個好人。我就直截了當地問她，爲什麼當年要我離開家？

媽媽叫我坐下，她說她要告訴我一個天大秘密，她說：「我不是你的媽媽，你的爸爸也不是你的爸爸。」

我當然大吃一驚，可是我看過我的領洗證明，領洗證明上清清楚楚地註明我的父母是誰。連出生的醫院都註明了，這到底是怎麼一回事呢？我問媽媽：「我明明是妳生的，怎麼說不是我的媽媽？那我的父母是誰？」

媽媽的回答更使我吃驚了，她說：「你沒有父母，你是複製的。」

我的心都要跳出來了，我學過生物，知道青蛙可以複製，高等動物的複製，我從未聽過。我問：「我是從誰的細胞複製成的？」

媽媽叫我心理上必須有所準備，因爲事實眞相會使我很難接受，媽媽告訴我，我是由希特勒的細胞複製而成的，從生物的觀點來看，我是另一個希特勒。

媽媽告訴我，在發動第二次世界大戰以前，希特勒就想複製他自己，他知道哥廷根大學的勒迪維克教授曾經複製過青蛙，因此強迫勒迪維克教授複製一個希特勒，否則會對他家人不利，勒迪維克教授不敢不從，卻果眞成功了。當然他們需要一個女性來懷這個胎兒，希特勒找到了我的爸爸媽媽，大概是因爲我的爸爸媽媽非常單純，跟政治毫無關連，媽媽身體也健康，因此我的媽媽被迫懷了我。

希特勒常常派人來看我成長，他下令我絕對不可以有任何宗教信仰，這就是媽媽從不敢帶我上教堂的原因，可是我的爸媽以極快而又極秘密的方式替我領了洗。在我爸爸最後一次上前線以前，他拜託媽媽一件事，那就是一定要將我變成一個好人，好讓希特勒的心願不能得逞。

我們家門口一直有一個兵在監視我們，當媽媽發現那個兵撤退以後，她知道我必須逃離納粹的監視。因爲希特勒失敗了，可是那些死忠的納粹黨徒會認爲我是他們唯一的希望，這樣，我的命運就悲慘了。她更怕蘇聯軍隊已知道了我的存在，所以她決定將我趕出家門，她有信心我會被好心的農人家庭收容，我也會在好的環境中成長。我離開了以後，媽媽說每天晚上祈禱中都不曾忘過我，她本來搬到一個小鎮去住，後來她開始和老朋友聯絡，大家也都問起我，可是好像沒有一個人知道我的來歷，她放心了，因爲當初知道我來歷的人本來就不多，現在這些人一定都已經死掉了，所以她決定再和我聯絡。媽媽說她可以安心地走了，因爲她要在天堂裡告訴我爸爸，我是一個好人，這是爸爸最大的願望。

媽媽告訴我這個故事以後，顯得很疲憊，醫生告訴我，媽媽病重，唯一記掛的就是我，現在她看到了我，大概不會活太久了。他叫我不要離開，果眞媽媽不久就進入彌留狀態，大概兩小時以後，媽媽忽然醒了，她叫我靠近她，用很微弱的聲音對我說：「孩子，千萬不要留小鬍子。」說完以後，媽媽笑得好可愛，像小孩子一樣，幾分鐘後，媽媽去世了。我將媽媽安葬以後，到哥廷根大學去找勒迪維克教授，其實我曾經上過他的課，這位教授看到了我，一副非常愧疚的表情，他說他的確複製了希特勒，可是這完全出於被逼。他知道我的生活和想法以後，陷入於沈思之中，他說我絕不是希特勒想要製造的分身。勒迪維克教授告訴我，他知道希特勒是不能複製另一個希特勒的，希特勒之所以是希特勒，主要是他有非常特殊的想法，他恨猶太人，他要征服全世界，也想讓純種的亞利安民族統治全世界，這種瘋狂的想法，並不能由一個單細胞所移植。

勒迪維克教授還告訴我一個驚人的秘密，他仍保有希特勒的細胞，他問我要不要由他做一個實驗，以證明我的DNA和希特勒的DNA是完全一樣的。

我拒絕了，我不要人家檢查我的DNA是不是希特勒的DNA，我不是希特勒，我是我，希特勒心中充滿仇恨，我從來沒有；希特勒有極爲病態的種族偏見，我卻一直致力於不同種族間的諒解。

希特勒想複製一個他自己，他當然想控制我，他錯了，他甚至不能控制他自己的命運，如何能控制我的命運？

在我開車回家的路上，收音機播出葛雷果聖歌動人的音樂，我想起了在隱修院的二哥，我忽然了解了，我和希特勒最大的不同，恐怕是我有這個肯替世人犧牲一切的二哥，而希特勒沒有這個福分。

八十六年四月四—五日聯副

五和一

我做心理醫生的時間已經很久了，也遇到過好多奇奇怪怪的個案，可是這個案子卻眞令我束手無策了。

我有一個好朋友在一家專門收容流浪漢的地方做義工，有一天，他們在台北市火車站附近發現了一位流浪街頭的老先生，老先生身無分文，全靠路人施捨，虧得那個慈善機構發現了他，立刻給了他一個有吃有住的場所安身。

老先生慢慢地恢復了健康，他和別的流浪漢完全不同，因爲他顯然受過良好的教育，事實上，這個慈善機構還是第一次收到一位英文非常好的流浪漢，他不僅可以看英文書報，也可以聽得懂CNN和ICRT的新聞廣播。

可是老先生不記得他的名字，不記得他來自何方，也不記得任何親友，我的朋友發現了這個奇怪的案子，就來找我。他們問我這位老人是不是患了老年癡呆症，我一看就知道他沒有老年癡呆症，因爲他對絕大多數的事情都記得淸淸楚楚，只是忘記了有關他自己的事。

老先生對很多中國古詩都能琅琅上口，他甚至還記得不少高中的數學公式，對歷史上的一些細節，他都記得。我的判斷是他得了一種叫做「選擇性的健忘症」，也就是說有意或無意地選擇了一些事情忘得一乾而淨。我曾看到類似的案例，不過我還是第一次看到如此嚴重的例子。

老先生告訴我他雖然記憶失去了一大部分，可是他記得一對數字，就是五和一，他又對於「馬太太」似乎很熟。

五和一是什麼意義呢？我當然想起五月一日勞動節，可是老先生一望即知他不是一位勞工，至於馬太太，這就更神祕了，我想起了馬英九，找人去打聽他太太認不認識這位老先生，回答是否定的。

老先生的故事上了報，那所慈善機構希望透過媒體來找到老先生的家人。果眞，有一天一位先生從台南的麻豆鎭趕來台北，他說他從電視上看到老先生的樣子，立刻就認出他來，他來台北是希望親眼看一次老先生。慈善機構安排了一個偶然的場合，讓他們見了面。

老先生一點都不認得那位南方客，而南方客一見到老先生，就情不自禁稱呼他「林牧師」，他說老先生是一位牧師，在麻豆的一個教堂裡擔任牧師，已有幾十年之久，幾個月前，林牧師失蹤了，因爲林牧師太太早已去世，又沒有孩子，他們教友只好跑去警察局報了案，沒想到林牧師流浪到台北來了。

老先生呢？他對這位南方客表示極不耐煩，他說對方一定是一位瘋子，他從來沒有信過基督教，怎麼會是一位牧師，他說如果他是個牧師，一定平時就會引用一些宗教的用語，所以他反問我們，有沒有聽過他談話中用過任何宗教名詞。

我的朋友當時在場，他首先承認他沒有聽過，他也當場打了個電話給我，我告訴他我不僅沒有聽過老先生用任何宗教名詞，我還做了一些測驗，結果認定老先生毫無宗教信仰，雖然他學問不錯，對宗教問題，他似乎特別地無知。

南方客被澆了一頭冷水，當然不服，他出來以後，抓了我的朋友繼續談，他說大家可以到麻豆的教堂看一次，那裡有教堂各種活動的照片。我的朋友被他說動了，就搭他的車到南部去，看了照片以後，他也深信老先生是麻豆那所教堂的牧師。

老先生根本不理會這個新發展，他說他不是牧師就不是牧師，他也拒絕看任何的新證據，我的朋友又來找我，我告訴他們一定要有耐心，不要蠻來，老先生可能受了刺激，不能再受刺激了。

我自己跑到麻豆去和教友們聊，希望能找出一些蛛絲馬跡，可是一無所獲。大家都說林牧師是一位好的牧師，出了這種事情，完全出乎他們意料之外，可是他們回想起來，失蹤以前，林牧師的確有一點精神恍惚。

有一天，又有一位男士來拜訪林牧師，這位男士五十幾歲，是個卡車司機，他和老先生見了面以後，沒有稱呼他林牧師，而稱呼他是老先生，他的第一句話是：「老先生，你一定不認識我了，三十五年前，我在少年觀護所裡遇過你。」奇怪得很，老先生不但沒有拒絕和他繼續談下去，而且暗示他很有興趣知道這位新訪客的故事，新訪客的故事卻使大家都感動了。

三十五年前，他是血氣方剛的青少年，國中畢業以後，因為家境不好，無法升學，到外面一家鐵工廠做學徒，身體越練越好，也就被一些社會上的不良分子所吸收，一不小心，觸犯了法律，被關進了彰化的少年觀護所。

才進去的時候，這個年輕小伙子是悔恨交加，他的爸爸是鄉下人，人雖窮，兒子們卻從未出過事，對他當然完全不能諒解。他自己卻心中有一點埋怨他爸爸窮，害得他不能繼續念書，他曾被警察毒打一次，被關進了少年觀護所，失去了自由，因此覺得自己毫無尊嚴，對自己的前途幾乎感到絕望。

可是林牧師來了，林牧師當時只有三十幾歲，雖然是位牧師，卻很少訓他們，來了以後就和這些男孩子打籃球，當然他也以牧師的身分常常聽孩子們吐苦水，他關心每一個孩子，可是從未向他們講什麼大道理。

有一天，打完籃球以後，他宣布一件事，他的教會要他到外國去深造，他必須和大家話別，他叫所有的孩子們坐在一排椅子上，脫下鞋子和襪子，然後跪下來一一親吻他們的腳。卡車司機說到這裡，忍不住拿出手帕來擦眼淚，他說他們一共有十五個男孩子，當時每個人都哭了，林牧師走了，他們都站不起來，大家都被林牧師跪下來的親吻動作所感動了。這十五個孩子至今都保持聯絡，他們都沒有再進過監獄，有些繼續念書，絕大多數都是勞工階級，雖不有錢，但都是有正當的職業和美滿家庭的人，就以他來講，他做了一輩子的卡車司機和搬運工人，他的兒子卻已是大學生了。

他認為林牧師改變了他的一生，因此他一定要來謝謝他。

林牧師很耐心地聽完這個故事，他忽然問，「你過去是不是在彰化少年觀護所？」卡車司機露出了滿臉的笑容，他說，他故意不講是那一個地方的觀護所，目的在刺激林牧師的記憶，看起來林牧師的記憶在逐漸恢復了。

林牧師做了一個手勢，暗示其他的人應該離開，他要和卡車司機聊聊，大家感到林牧師恢復了牧師特有的那種氣質，他好像要聽卡車司機的傾訴，因此要求別人離開。

我是由電話裡得知這個故事的，我找到了卡車司機，請他找到了其他十四位弟兄們，這些人陸陸續續地來看林牧師。在兩個月內，林牧師恢復了記憶。

有一天，林牧師告訴我，他最喜歡的聖經是〈馬太福音〉二十五章第三十一節，我忽然想起林牧師什麼都忘掉了，只記得五和一以及馬太太，這個謎也給我揭開了，「馬太太」是〈馬太福音〉，五和一是指二十五章第三十一節，他忘了二十和三十，只記得尾數五和一。雖然解開了一些謎，我仍然沒有解開最大的謎，為什麼林老先生忘了他是一位牧師，忘了他的基督教信仰，也忘了有關他的一切。

我感到〈馬太福音〉第二十五章第三十一節絕對是關鍵所在，所以我仔細地去念了一次以此開始的這一段聖經，這一段聖經是這樣寫的：

公審判「當人子在自己的光榮中，與眾天使一同降來時，那時，他要坐在光榮的寶座上，一切的民族，都要聚在他面前；他要把他們彼此分開，如同牧人分開綿羊和山羊一樣：把綿羊放在自己的右邊，山羊在左邊。那時，君王要對那些在他右邊的說：我父所祝福的，你們來罷！承受自創世以來，給你們預備的國度罷！因為我餓了，你們給了我吃的；我渴了，你們給了我喝的；我作客，你們收留了我，我赤身露體，你們給了我穿的；我患病，你們看顧了我；我在監裡，你們來探望了我。那時義人回答他說：主啊！我們什麼時候見了你饑餓而供養了你，或口渴而給了你喝的？我們什麼時候見了你作客，而收留了你，或赤身露體而給了你穿的？我們什麼時候見你患病，或在監裡而來探望過你？君王便回答他們說：我實在告訴你們：凡你們對我們這些最小兄弟中的一個所做的，就是對我做的。然後他又對在左邊的說：可咒罵的，離開我，到那給魔鬼和他的使者預備的永火裡去罷，因爲我餓了，你們沒有給我吃的；我渴了，你們沒有給我喝的；我作客，你們沒有收留我；我赤身露體，你們沒有給我穿的；我患病或在監裡，你們沒有來探望我。那時，他們也要回答說：主啊！我們幾時見了你饑餓，或口渴，或作客，或赤身露體，或有病，或坐監，而我們沒有給你效勞？那時，君王回答他們說：我實在告訴你們：凡你們沒有給這些最小中的一個做的，便是沒有給我做。這些人要進入永罰，而那些義人卻要進入永生。」

我和很多麻豆教堂的教友們談，他們告訴我林老牧師是一位非常好的基督徒，一直喜歡〈馬太福音〉的這一段經文，也鼓勵大家照這一段福音的精神去做人，他自己更是一輩子都愛人如己，是麻豆鎮出名的大好人，最使大家佩服的是，他從不記得他做了什麼好事。有一位教友說林老牧師年紀大了以後，常感到自己不配做牧師，因爲他老是覺得自己沒有照著福音精神去做。

我和林老牧師談了很多次，他告訴我一件怪事，他說當他慢慢地恢復記憶的時候，他一開始只記得公審判的後一段，也就是耶穌對惡人說的那段話，他怎麼樣也不了解，爲什麼記不得耶穌對義人所說的話。

至於他所做的善事，林老牧師一概記憶不清，大多數的我們都會對自己的些微善事牢記在心，林老牧師卻對他的善事刻意地忘掉。

我們心理醫生中有好幾位有宗教信仰，我們大家會診的結果，認爲林老牧師的信仰深入他的內心，他從內心深處，認爲他應該替世上一切不幸的人服務，雖然他的確如此做了，可是他的宗教信仰又叫他忘掉自己所做的好事，因此他老覺得自己不夠好，眞正的好人不會覺得自己是個好人的，眞正的基督徒也總自認爲自己不配被稱爲基督徒，億萬的基督徒都念過〈馬太福音〉第二十五章第三十一節開始的經文，大家都把這一段看成耳邊風，惟獨林老牧師對這一段福音看得非常認眞。

林老牧師越來越覺得自己不配做個基督徒，最近盧安達難民的照片使他自責甚深，因爲他對這種人類的悲慘無能爲力，對他自己有吃有喝，深感內疚，由於他年歲越來越大，他也就越來越擔心無顏面見上帝，在這種情況下，他採取了一個自衛的行動，他設法忘了他是個基督徒，一旦不是基督徒，他的良心不安也跟著消失了，這就是爲什麼他將自己忘得一乾二淨的原因，這也解釋了為什麼他沒有忘掉其他的事情。

要治癒老先生的病，其實也不難，我們唯一要做的是讓老牧師記得他所做的善行，虧得當年他幫助的人多極了，他們紛紛來看他，老先生恢復了信心，也恢復了記憶。

我們決定送老牧師回麻豆去，我和我的朋友輪流開車快到教堂以前，我們將車子停好，老先生顯然認識路，他往前走，向右轉，再往左轉，教堂在我們右手，我們知道林老牧師的記憶沒有問題了。

教堂的門是關著的，我們推開了門，裡面的教友們全體站起來，合唱一首歌，「只要你替我最小兄弟做的，就是替我做」。老牧師被請上台，一位年輕的牧師以動人的聲音開始念〈馬太福音〉第二十五章第三十一節，「我餓了，你們給了我吃的；我渴了，你們給了我喝的……你們對一個最小兄弟做的，就是給我做的……」而這位年輕的牧師除了致詞歡迎老牧師回來以外，還說了一段我永遠不會忘記的話。他說：「各位教友去世以後，如果你生前真的照福音的精神生活，幫助過很多不幸的人，我會在你的葬禮中讀〈馬太福音〉第二十五章第三十一節，如果你從未對陌生人伸出援手，雖然你領過洗，每個主日也都來教堂做禮拜，你去世以後，我不會在你的葬禮中讀這一段經文，這一段經文是我們基督徒最該熟讀的經文，只有照經文精神去做的基督徒，我才會在他的葬禮上念一段經文。」

這是四年以前的事了，上個星期六，我又去麻豆，這次是參加林老牧師的葬禮，小教堂裡擠滿了人，連教堂外的園子裡也擠滿了人，教堂裡牧師全部的儀式都是用擴音器傳到園子裡，唱了聖詩以後，我聽到了那位年輕的牧師朗誦〈馬太福音〉中動人的句子，「凡你們對我們這些最小兄弟中的一個所做的，就是對我做的……」

而我呢？我深深愛上了這一段〈馬太福音〉，我很羨慕那些能在葬禮上有人念這一段經文的人，我會在我以後的歲月中，儘量地替陌生人服務，我希望在我的臨終病榻之前，有人來向我說，「我渴了，你曾給我喝的。」「我餓了，你曾給我吃的。」「我在監獄裡，你曾來看我。」

八十六年八月五日聯副

三千寵愛在一身

我是獨子，從小就飽受爸爸媽媽的關懷。記得我五歲左右，有一天坐在爸爸的車子裡，看到窗外的招牌，認出了幾個簡單的字，當時我只有進幼稚園，沒有進小學，已會認一些字，立刻引起開車的爸爸注意，他拚命地誇獎我聰明。他一再講，「寶寶（我的小名）眞聰明」，由於他講得太多次，連我都覺得有點煩。我還怕他太興奮而出車禍。

進了小學，不但媽媽問我功課，連爸爸也常常看我寫功課，我學九九乘法表是爸爸媽媽最緊張的日子，好在我並不笨，學習進度中等，爸媽看到我沒什麼困難，好像也放心了不少。

爸爸不時地注意我的體育，每次我出去和附近的孩子瘋成一堆，爸爸總在旁邊看，我小時候就得到一種經驗，我越頑皮，爸爸越快樂。

我年紀雖小，也知道我有對我特別關心的父母，我總認爲，這是因爲我是獨子，所謂三千寵愛在一身也。

小學四年級的暑假，我去鄉下爺爺奶奶那裡住了一個月，那裡有一條清澈見底的河，河裡永遠有些野孩子在游泳和打水仗，我在大人監督之下下水玩，也無師自通地學會了游泳。

回家以後，我告訴爸媽我學會了游泳，爸爸媽媽又是狂喜一番，爸爸帶我去游泳池，看著我游來游去，喜上眉梢。

我從此愛上游泳，國中高中都是校隊。

我考取不錯的高中，爸媽當然非常高興，我大學考取了電機系，更使爸爸高興極了，因爲爸爸也是一位電機工程師。

考取大學以後，爸爸抓我去一家醫院，說要我在上成功嶺以前，做一次身體檢查，檢查的項目好像非常簡單，一下子就完了。我懶得問這是怎麼一回事，我只知道我體格一向很好，連感冒都很少有，像我這種人，還怕什麼成功嶺？爸爸要我檢查身體，顯然又是因爲我是獨子的原因。

檢查結果一切正常，爸媽帶我去飯館大吃一頓，我一面忙著吃菜，一面偷偷地注意到爸爸媽媽互相眉來眼去，一副心滿意足的樣子，像我這種青年人滿街都是，爲什麼他們如此滿意呢？我雖然納悶，仍然吃得不亦樂乎，我的胃口一向奇佳，爸媽看到我胃口如此好，又高興得不得了。

進了大學，我考到了救生員執照，平時也可能藉此賺錢。

我參加了慈幼社，有一次，我們要辦一個夏令營，對方是一批智障的小孩子，因爲是夏天，游泳池變成了孩子們最喜歡的地方，我這才發現沒有一個智障的孩子會游泳，也不容易教會，我們就帶他們在淺池中打水仗，我雖然是救生員，卻無人可救，只要和他們亂打水仗就可以了。

我回家和爸爸談起此事，我告訴爸爸，我從來沒有想到智障孩子不會游泳，其實他們其他的運動也都不太好，畢竟統合神經有時有點問題。

爸爸忽然問我：「寶寶，你有沒有想到，你小的時候，我從來沒有教你游泳。」我當時已是身高一八〇的大漢，爸爸卻仍叫我寶寶，我曾提出一些提議，請爸媽不再叫我寶寶，爸媽一口拒絕，對他們來說，我永遠是寶寶。

被爸爸一問，我想了起來，我游泳的確是自己學的，可是這有什麼特別？

爸爸告訴我一個驚人的事情，媽媽懷我的時候，爸媽替我做了一次羊膜穿刺，試驗的結果顯示我將是一個嚴重的智障兒，不僅智商不可能高於四十，連一般的行動都有困難，當時醫生強烈暗示爸媽應該墮胎。

可是爸媽很快地決定，我是他們的骨肉，是他們愛情的結晶，不論我如何殘障，他們要帶我長大。我這才了解爲何我是獨子，爸媽不敢再生孩子了。

可是我一生下來就一切正常，一歲一個月，我就會走路，一歲半，我開始講話，二歲，我已會唱上幾句兒歌，五歲時，我開始認字，上了小學，學習也毫無問題。

可是爸爸卻不敢教我游泳，怕我學不會。他始終擔心我有隱性的智障，所以高中畢業後他帶我去檢查我的染色體，這使他們完全放心了，顯然當年羊膜穿刺的結果是錯的，爸爸是電機工程師，他明白有時儀器會發生錯誤。

我終於知道我的爸爸媽媽是多麼地愛我，要不是我爸爸媽媽的愛心，我根本不會存在。我也恍然大悟，我之如此受爸爸媽媽的愛護，並非我是獨子，他們總怕我的智障病會隨時爆發出來。怪不得，他們發現我很正常，會如此快樂。我暗暗發誓，我將來絕不會墮胎。

我懷著無比感激的心情回到了夏令營，夥伴們告訴我，孩子中多了一個小泰山，叫我特別照顧他，我一看小泰山，就心中暗暗叫苦，因爲他雖然是個智障孩子，卻有一副運動員體格，又黑又壯，他話不多，常笑，笑起來露出一嘴漂亮的白牙齒。最糟糕的是，他似乎精力無限。

夥伴們壓迫我帶他去學游泳，哪知道他本來就會，他游來游去，從不上岸，後來他忽然沈下去，我嚇得半死，跳下去救他，原來他是在潛水，他發現每次潛水，我就會去救他，覺得好好玩，也就樂此不疲。這下我可慘了，他不停地潛水，因此我每次都去救他，一小時下來，我已經累得半死。

夥伴們說只有我有救生員執照，所以只有我能看顧他，他雖快樂，我卻又緊張又累，一週以後我心生一計，帶他去打籃球。

小泰山一到籃球場，他的運動天分又顯現出來了，上籃姿勢優美之至，跳得又高，幾乎可以灌籃，好多人圍過來看他上籃，他的左鉤球，最好看。可是他完全不懂規則，怎麼教都不會，分了組，他會將球傳給對方，對方進了球，他也好高興。我只好和他單打獨鬥地鬥牛。

暑假結束了，小泰山從此把我當哥哥看，我也將他看成小弟弟，智障中心的老師說，每週四下午，小泰山就會換上球衣，穿上球鞋等我，我的機車一到，他就飛奔而出，我們會找一個籃球場鬥牛，很多人看到他來，會讓出場地來讓這個智障天才運動員玩個痛快，所謂玩，就是他上籃、我上籃、他上籃、我上籃，一小時下來，我已經又是筋疲力盡了。

所以每個週四晚上，我都要早早上床睡覺，兩腿發軟了。

智障中心的老師一再地謝我，他們眼見著小泰山的身體越來越好，非常高興，他們找到了一位年輕的男老師陪他運動，那位男老師幾乎累出病來。

看到小泰山高興，我也高興，我總算有個小弟弟了，我知道智障也好，不智障也好，只要有人愛他，他就是幸福的。我寫信給爸爸媽媽，「爸爸媽媽：你們如何地愛了我，我就會如何地愛這個小弟弟。」

可是如果你們看到一個大學生和一個身強體壯的小男孩鬥牛打籃球，最好來救他一把，他已經快累壞了。

八十六年九月六日聯副

善意的人權

八歲的孩子，應該是在念書的，可是我在七歲的時候就已經開始做工了，我們一家都在地毯廠工作，爸爸媽媽可以賺一點錢，我們孩子們都只能賺三餐飯吃，沒有薪水。

我們的老闆似乎很怕政府來查，他說巴基斯坦的法律是不允許我們這種小孩子做工的。因此我們常常必須躲到樹林裡去，老闆告訴我們，一旦被警察發現，我們就會被抓到監獄去，所以每次聽到有警察要來了，我們就趕快逃走，令我不解的是，爲什麼警察來以前，老闆一定早已知道了。

有一天，工廠裡來了一些看貨的外國人，就在他們和領班談話的時候，我注意到有一位拿著照相機在照相，而且他大多數時間都在照我們這些在做工的小孩子，我覺得他好和善，一直對他笑。

這位照相的外國人問我爲什麼要在這裡工作。我告訴他，在我爺爺的時代，有一次水災，爺爺的稻子全都泡了湯，地主來要租金，爺爺沒有錢，地主要將牛牽走，這條牛似乎是我們唯一的財產了，沒有牛如何耕田呢！而且爺爺和這條牛已經有了深厚的感情，所以他說他可以做苦工來賠這筆債。爺爺不認識字，弄不清楚他欠了多少錢，可是他做了一輩子的苦工，我的爸爸也要做苦工，沒有想到，我這個孫子還要做，都是爲了那條牛。

那個和善的先生說，我可以叫他人權叔叔，因爲他屬於一個國際性的人權組織，我根本聽不懂他講什麼，只知道他們好像專門替窮人說話，我當然非常感謝他。

這位人權叔叔問我一個月拿多少錢，我說因爲我們家欠了老闆的債，我們全家的小孩子都拿不到錢，但我們至少可以吃到三餐，而且我們到了二十歲以後，就可以拿到薪水了。老闆也告訴我們，我們的下一代不再欠他們錢了。我們這個工廠，只有極少數的小孩子可以有薪水。

人權叔叔問我爲什麼不到別的地方去，我告訴他，爸爸說我們在別的地方反正也找不到工作，如果到城裡去，我們孩子一定只好做乞丐。

幾天以後，老闆找我去，問我那位外國人和我談了什麼？我據實以告。老闆告訴我，這位人權叔叔不是好人，他會對我們不利的。可是我的感覺卻不同，我覺得他非常同情我們這些做工的小孩子。

這是半年前的事了，今天我得到一個消息，我們孩子們不能再做工了。老闆說如果他再讓我們孩子做工，那個人權組織會叫大家不買我們的地毯。老闆給我們每個孩子一些錢，但叫我們明天不要來了。

我知道我爸爸媽媽的薪水是不夠養我們的，我也不可能找到任何其他的工作，唯一可以做的，恐怕就是做小乞丐了，我知道附近有一座皇宮，很多觀光客會來玩，我們這些小孩子可以去向觀光客要錢，我一直以爲我是個幸運兒，因爲很多的孩子都是小乞丐，而我呢？我至少有工作可做。

我想到那位人權叔叔，我認爲他是個好人，可是他完全不能了解我們巴基斯坦的窮小孩子，就以我來講，我其實並不怨恨爺爺爲了一頭牛而使我到現在還在做沒有報酬的工，因爲至少我三餐都有著落了，我每天晚上回家的時候，都已吃飽了，對我們這些人而言，吃飽肚皮已經是一件相當了不起的事了。那位人權叔叔大概不了解，吃飽是一件多快樂的事。

如果我現在有工可做，將來大了可以有點技術，看來我這個夢想也會泡湯了，政府不管我們，外國的人權叔叔一番好意，卻使我失去了工作，要去做乞丐，我擔心的是：我會不會要做一輩子的乞丐呢？

八十六年九月十八日聯副

《深河》

——遠藤周作的鉅作

我一直喜歡看遠藤周作的小說，這位聞名世界的日本作家，寫的小說都平易近人，沒有什麼看不懂的地方。遠藤周作最後完成的一本小說，英文名稱是*Deep River*，中文譯本譯名爲《深河》。上個月，我到澳洲墨爾本出差，路過一家天主教書店，一進去就買到了這本書，在旅館反正沒事可做，當天晚上就開始看。

所謂深河，指的是印度的恆河，故事是有關一個日本的旅行團，到印度去觀光，其中一位女士，曾經在大學時認識過一位男同學，這位男同學做了天主教神父，也去了印度，於是乎這位女士就到印度來找尋她當年心儀的男孩子。

可是她卻老是找不到他，有些天主教堂裡的神職人員顯然知道他在那裡，可是就是不肯講，好像不屑談論這位神父，也有點暗示他早已離開教會。

其實他依然是神父，只是他不住在教堂裡，卻住在加爾各答最貧窮的地區，附近住的全是印度階級制度下的賤民。這位女士去拜訪他的時候，他不在家，她卻被當地的窮困景象嚇壞了，留下了旅館的電話，匆匆離去。

神父的電話來了，他問是那一家旅館，當他知道是一間豪華的觀光旅館以後，就告訴找他的女士，他現在衣衫襤褸，和一般賤民一模一樣，所以旅館警衛不會讓他進去的，最後他們約定在旅館外面的一張長椅上見面。

這位神父究竟在做什麼呢？他平時一早起來，做彌撒、祈禱，和別的神父一樣，可是他主要的工作就和別人完全不一樣了。對於印度教信徒而言，恆河是一條特別的河流，絕大多數的印度人都想要去恆河沐浴一次，如此對他們的靈魂有很大的好處。對有錢人，這件事不難，可是對於一些貧無立錐之地的窮人，他們必須步行到恆河去，很多人到了加爾各答，因爲旅途勞頓而再也到不了恆河。我們的神父發現了這種人以後，會問他是否要去恆河，如果是的話，神父會將他背到恆河去。

其實這個故事有其象徵性的意義，恆河代表上蒼無盡的愛，富人和窮人，他們的骨灰，都進入了恆河，正如上蒼一樣，上蒼接受富人，更接受窮人，而這位神父所做的，卻又是耶穌基督生平的重演，遠藤周作在另一篇小說中，特別形容耶穌生命中的最後一刻，耶穌懇求人家，讓他背沈重的十字架，因爲他要背負全人類的痛苦。這位神父之所以背一位窮人去恆河，無非是要表明一件事：基督徒應該背耶穌給我們的十字架，替窮人服務，更應該帶領人們到達永生。恆河對於印度人而言，代表永生也。

一位神父背著一位異教徒，去完成這位異教徒的心願，是否有點奇怪？關於這點，我想起了德蕾莎修女的垂死之家，在這座垂死之家，有一間停屍間，停屍間左排標明佛教徒，右排標明印度教，而停屍間的門上有一排字「去見耶穌的路上」。

遠藤周作顯然對德蕾莎修女的印象極深，他所形容的那位神父，其所做所爲也極像德蕾莎修女，他們都不是光靠口來傳播福音，他們以行動來表示他們是基督徒。

第二天，我從一所大學訪問回來，由於是正式訪問，我穿得西裝筆挺，回旅館的時候，門口的警衛對我微微欠身，而且打開門讓我進去，我走進大廳，大廳兩邊都是落地的大鏡子，從鏡子裡，我可以看到我自己神氣活現的嘴臉，我忽然想起《深河》裡的那位神父，他不敢走進豪華的旅館，因爲他衣衫襤褸，人家一定看不起他。

而我呢？我現在神氣活現地進入旅館，如果有一天，我一命嗚呼，要到天堂去報到（如果有此資格的話），我一定羞愧得要在天堂門口躲躲閃閃，到那時，我一定會說：「我衣衫襤褸，身無分文，天堂裡的人不會歡迎我的」。反過來說，我相信，那位神父死去以後，天堂的守門人一定會對他鞠躬，打開大門讓他進去，我這種人呢？能混進去就已經很高興的了。

遠藤周作的《深河》替基督教義做了最佳的詮釋，有些這類的書，多多少少會冒犯了不信基督教的人，可是，這本書絕對不會，任何人看了這本書，都會知道，所謂「基督徒」，該是什麼樣的人。

《深河》已拍成了電影，據說頗受年輕人歡迎，對於我這個老年人，我常常在想，希望有一天，我不敢堂而皇之地到大旅館去了，也不敢神氣活現地和大人物來往，到那時候，我才敢抬起頭來，勇敢地面對上蒼。

我該感謝《深河》給我的啓示。

八十五年一月十四日聯副

我所嚮往的副刊

報紙有副刊，是我國的特色，《紐約時報》也好，《華盛頓郵報》也好，都沒有副刊。據我所知，有很多人訂某某報，不是爲了這份報紙的社論，也不是爲了這份報紙的新聞報導，而是爲了這份報紙的副刊，我也知道，有很多人之所以不肯訂某報，全然是爲了討厭這份報紙的副刊。

台灣的副刊已經辦得非常好，可是我仍然希望能有機會向副刊的編者提出一些建議。

我希望副刊的編者們了解一件事，那就是絕大多數的人都是喜愛文學的，我在清大教書的時候，葉嘉瑩教授講授中國古典詩詞，受到全校學生的歡迎，有一次她在大禮堂講詩詞，居然整個大禮堂座無虛席，和開熱門音樂會差不多。清大學生多數是理工科學生，仍然自動來聽葉教授的演講，可見一般人是喜歡文學的。

我常和理工科的男同學胡扯，他們常坦白承認他們是大老粗，不會念詩作賦，也不會舞文弄墨，可是他們卻喜歡一些中國古詩詞裡的名句，像「小樓昨夜又東風，故國不堪回首月明中」，「枯藤老樹昏鴉……斷腸人在天涯」等等。他們的電腦檔案中常有這些句子，隨時叫出來欣賞。

我因此希望副刊的編者們，能夠將副刊的讀者們定位成廣大的普通人，千萬不要將副刊設計成給高級知識分子看的。

我們普通人喜歡看什麼樣的文學作品呢？

我相信我們最有興趣的恐怕是中國古典文學的討論了。我們中學時代念了一些精彩的古文，大學只讀了一年國文，然後就再也沒有什麼機會碰古文了。如果有人在副刊上教我們如何欣賞我國的古典文學，大家一定會有興趣。

我也相信一般人會對外國的經典名著有興趣，每一次我和同學們談到外國有名小說的內容，他們都聽得津津有味，而且他們也都發現外國文學和中國文學有不同的風格，如果有人加以介紹，外國文學將會吸引我國讀者的興趣。

就以莎士比亞來講吧，究竟他偉大在那裡？我們一般人並不懂，如果有人以輕鬆易懂的文章介紹他的作品，我當然會看。最近有一位靜宜大學的學生和我聊天，他說他知道托爾斯泰這個名字，也知道他寫過《戰爭與和平》，除此以外，他就什麼都不知道了，不能怪他，他是化學系的同學，沒有時間涉獵浩如湮海的外國文學。副刊的編者們其實不妨常找人介紹外國的經典名著。

我也非常希望副刊能介紹外國近代作家的作品，每次我到國外去，最令我感慨的是國外書店裡的小說，絕大多數的書店裡都有極大的專櫃展示各種小說，英美各大機場的書店裡也都會展示出所謂的十大暢銷書，其中多數是小說。這些小說實在非常好看，可惜國內的讀者很少有機會看這些有趣的作品，我因此建議副刊能有系統地介紹這些作品。

總而言之，如果說國人對文學失去了興趣，文學工作者也應該檢討的，我們一定要使文學成為十分有趣味的東西，各位以後到國外去旅行，不妨觀察一下飛機上的旅客，絕大多數的外國旅客都在看小說。副刊的編者們不妨以「重振文學」爲己任，將副刊辦得非常有趣味，使我國變成老百姓最喜歡文學的國家。

八十六年一月九日聯副

怎樣生，就怎樣死

最近「生死學」似乎忽然變成了熱門話題，我也開始去閱讀一些有關生死學的書，我發現這些長篇大論的書都不易懂，裡面用了不少哲學味道很濃的名詞。我常想，如果這本書我看不懂，一般人也大概不會看得懂。可是人人都要面臨死亡，人如何面對死亡，不應該是非常深奧的學問。

前些日子，我到美國出差，在美國的一個星期中，我注意到報紙上每天都有芝加哥伯納丁樞機主教逝世的消息。當然是新聞，可是每天報紙和電視都報導有關他的葬禮，仍令我十分訝異。

這位大主教在去世前六個月時，得知他得到了癌症，而且是末期性的，只有六個月的日子可活，他立刻坦然接受這個事實，而且也在主日彌撒中向教友宣布這個消息，他同時告訴教友，他將在剩下的日子裡寫完他一直想完成的著作。他的聲明毫無怨恨之情。

不要想什麼偉大的計畫……

伯納丁主教之後開始以一個病人的身分，從事安慰其他病人的工作，每次他去醫院都會和其他的病人交談，也努力地安慰他們。不知多少人寫信給他，很多人都是癌症末期的病人，他也都一一親自回信。他說，他的傳教區域沒有了疆界，他傳教的對象，也不再限於天主教友。

大主教正式葬禮之前，有好幾次各種形式的追思儀式，有一次，芝加哥的神父齊聚在主教座堂內，聽大主教的臨終告別，他告訴神父們，不要想什麼偉大的計畫，而應該隨時隨地給周圍的人愛與關懷，他勉勵神父們做平凡而又有愛心的神父。

而最有意義的是，芝加哥猶太人相當多，在葬禮之前，猶太教信徒來到這所天主教堂，以猶太教的禮儀追思這位天主教的大主教。據我所知，這不僅是芝加哥的第一次，在全美國甚至全世界，都是第一次。伯納丁大主教在生前全心致力於種族間主持社會公義，也一直促進各種族間的互相諒解，因此猶太教徒對他有深度的懷念。

人生有意義，絕非和他的社會地位有關。

大主教的葬禮完畢以後，他的靈車行經芝加哥的貧民區，沿途擠滿了民衆，數以萬計的黑人在寒風中對大主教表示他們的敬意和懷念，這也是因爲大主教生前一直替窮人爭取權益的緣故。

怎麼生，就怎麼死！大主教能夠勇敢地面對死亡，只因爲他已經度過了有意義的一生，所謂有意義，絕非和他的社會地位有關，而是因爲他一直注意社會的公義，一直致力於社會的和諧，更加身體力行地關懷病人和窮人，這種人，自然不怕死亡的到來。

我們每個人都要面對死亡的，在死以前，我們每個人都要被迫看一場紀錄片，紀錄片裡會詳盡地記下我們的一生，如果我們一生都在行善，如果我們一生都使別人快樂，我們當然會平安而滿足地說，我這一輩子活得有意義，我可以走了。

我們怎麼樣生，也就會怎麼樣死。「生死」就這麼簡單。

八十六年一月十一日《中國時報・浮世繪》

窮人陛下

——從德蕾莎修女的一封謝函想起

今天早上，從電視新聞中得知，德蕾莎修女去世了，我不禁想起了最近的一件事。大約一年以前，我的一位讀者來看我，他是一位工人，只讀到了小學畢業，經濟情況當然也不是很好，可是他有看書的習慣，所以他每週必定會利用週末去圖書館借書看，也就是這樣他經由我寫的書知道了德蕾莎修女。

這位讀者問了我一些問題，臨走時，他說他很敬佩德蕾莎修女，也會捐一筆錢給她，可是他現在沒有錢，等他聚足了這筆錢，他就會交給我，由我轉給德蕾莎修女。

半年以後，我果眞收到了一萬元台幣，我將它換成了一張美金支票，寄給了德蕾莎修女，同時附上了一封信，信上說，請妳開一張收據來，同時也請給捐款人寫封信，謝謝他，因爲他不是有錢人，他是一位工人，這些錢都是他聚了很久才聚到的。

德蕾莎修女的回信中，除了收據，還有一封親筆簽名的謝函，我將謝函轉給讀者時，告訴他這封親筆簽名的謝函是很値錢的東西了。

値得一提的是德蕾莎修女在信中所用的尊稱，英文中尊稱一概用大寫來表示，總統是president，可是你如提到李總統，那個p就要大寫，英文中對國王的尊稱是His Majesty（國王陛下），其中H和M都要大寫。

德蕾莎修女的信裡當然提到了窮人，英文的窮人是poor，而德蕾莎修女將其中的p大寫了，因此窮人變成了Poor，我當時就想起了德蕾莎修女以前給我的信，在那些信中，她用了His Poor（窮人陛下）這兩個字。

我們天主教徒常常談耶穌或聖母顯靈的事，我的那位讀者曾經問我這個問題：德蕾莎修女有沒有看見過耶穌顯靈？我告訴他，德蕾莎修女曾經很明確地告訴大家，她沒有見過耶穌顯靈，可是每次她看到窮人，她就看到了耶穌基督。

很多人替窮人服務，總給人高高在上的感覺，總讓窮人感到他在施捨，德蕾莎修女卻是一個眞正尊敬窮人的人。

我離開加爾各答的那天早上，旅館門口又多了一個老人乞丐，他衣不蔽體地躺在地上，已經是病得奄奄一息了，有一位日本義工，單腳跪下，握住了這位老人的手，等待計程車來。他爲什麼單腳跪下，無非是表示對這位老乞丐的一些尊敬吧！這位日本義工大概二十歲左右，大學生，大個子，一定超過了一百八十公分的高度，他坦白承認他愛玩，我也兩次見到他在街上喝啤酒，可是他說他只要看到乞丐，馬上就變成了嚴肅的人，他說他屬於叛逆型的年輕人，很不願意表示對別人的尊敬，可是當他看到垂死的窮人的時候，他會很自然地跪下。

德蕾莎修女對窮人的尊敬，是很不容易被世人所了解的；可是她的所作所爲，顯然都基於這一點，很多人最多能夠同情窮人，可是只有極少數的人能夠如此勇敢地面對骨瘦如柴的乞丐，更少的人敢深入人類最骯髒、最悲慘的貧民區。德蕾莎修女之所以如此勇敢地面對這個悲慘世界，完全只因爲她對窮人有一種出自內心的尊敬，她之所以要過非常簡樸的生活，也是由於她對窮人的尊敬。

根據聯合國的統計，人類前百分之二十的高所得者，他們所擁有的收入是人類全部收入的百分之八十三；而後百分之二十低所得者，收入是人類全部所得的百分之一點四，兩者比例是六十比一。換言之五十七億人類中，至少有十二億人是生活在赤貧之中。而在台灣的我們，已經擠入了人類中的前百分之二十。

我眞想找一位畫家，替我畫一幅畫，畫中有一位年輕人，單腳跪下，握住一位垂死老乞丐的手，這應該是我對德蕾莎修女最恰當表示追思和懷念的方法了。

八十六年九月七日聯合報第三版

瓷娃娃

我在柏克萊念博士的時候，交到了一位美國好朋友，他叫約翰，我當時是單身漢，他已婚，太太非常和善，常找我到他家吃飯，我有請必到，變成他們家經常的座上客。

約翰夫婦都是學生，當然收入不多，可是家裡卻布置得舒適極了，他們會買便宜貨，收集了不少的瓷娃娃，有吹喇叭的小男孩，有打傘的小女孩，也有小男孩在摸狗等等的娃娃，滿屋子都是這種擺設，窗檯上更是放了一大排。我每次到他們家，都會把玩這些瓷娃娃。

約翰告訴我，他們的瓷娃娃都是從舊貨店和舊貨攤買來的，有一天，我發現一家舊貨店，也去買了一個瓷娃娃，是一個高高瘦瘦的少女，低著頭，一臉憂鬱的表情，等約翰夫婦再請我去的時候，我將它帶去，他們大為高興，告訴我這是西班牙Lladro娃娃，這家名牌公司的娃娃個個又高又瘦，也都帶憂鬱的表情。他們一直想要有這麼一個娃娃，可是始終沒有看到，沒有想到我買到了。

我們先後拿到博士以後，就各奔前程，約翰的研究是有關感測器，畢業後不久就自己開了一家公司，用感測器作一些防盜器材，他很快地大量使用電腦，生意也越來越大，成為美國最大的保全系統公司的老闆。由於中東問題，美國飛機好幾次被恐怖分子所劫持，約翰的公司得了大的合約，替美國大的機場設計安全系統，大概畢業二十年以後，他的身價已是快四億美金。

有一年，我決定去找他，他欣然答應接待我，那時已近耶誕節，我先去他的辦公室，他親自帶我去看他的系統展覽室，我才知道現在的汽車防盜系統幾乎都是他們的產品，體積極小，孩子帶了，父母永遠可以知道他在那裡，我也發現美國很多監獄都由他們設計安全系統，以防止犯人逃脫。

看完展覽以後，約翰開車和我一起到他家去。那一天天氣變壞了，天空飄雪，約翰的家在紐約州的鄉下，全是有錢人住的地方，當他指給我看他的住家時，我簡直以爲我自己在看電影，如此大的莊園，沒有一點圍牆，可是誰都看出這是私人土地，告示牌也寫得一清二楚，有保全系統，閒人莫入，約翰告訴我他的家有三層紅外線的保護，除非乘飛機，否則絕不可能闖入的，如果硬闖的話，不僅附近的警衛會知道，家裡的挪威納犬也會大舉出動，我這才知道約翰的公司會代人訓練這些長相兇猛的狗。

約翰的太太在門口迎接我，我們一見如故，他們的家當然是優雅之至，一進門，迎面而來的就是一個明朝的青花瓷花瓶，花瓶裡插滿了長莖的鮮花，後來才發現約翰夫婦愛上了明朝的青花瓷，滿屋子都是，他們的壁紙也一概用淡色的小花爲主，好像是配這些青花瓷的。

我住的客房，附設了一個浴室，這間浴室的洗澡盆和洗臉盆都是仿製青花瓷，約翰告訴我，這是他從日本訂做來的，他還訂做了一個青花瓷壺，一按，肥皀水就出來了，浴室的瓷磚來自伊朗，也是青色的，聽說伊朗某一皇宮外牆就用這種瓷磚，我不敢問他們是否這也是訂做的。

這座豪宅當然有極爲複雜的安全系統，我發現，入夜以後，最好不要四處走動，恐怕連到廚房裡拿杯水喝都不可能，必須打電話給主人，由他解除了系統，才可以去。

約翰家裡靜得不得了，聽不到任何聲音，可是每隔一小時，他們的落地鐘就會敲出悅耳的聲音，這個鐘聲和倫敦國會大廈的大鵬鐘一模一樣。

約翰唯一的女兒在哈佛念書，那一天要開車回來，到了六點，還沒有回來，他們夫婦都有點不安，原來這個女孩子厭惡有錢人的生活方式，開一部老爺車，也不肯帶行動電話，他們擔心她老爺車會中途拋錨。

我們一直等到八點，才接到女孩子的電話，果眞她的車子壞了，可是她現在安然無恙，在人家家裡，要約翰去接她。

約翰弄清楚地址以後，就要我一起去接他女兒，雪已經下得很大了，他女兒落腳的地方是一幢小房子，屋主是個年輕的男孩，一臉年輕人的稚氣表情。

她女兒告訴我們，她車子壞了以後，就去呼救，沒有想到家家戶戶都裝了爸爸公司設計的安全系統，使她完全無法可施。總算有一家門口有一個電話，可是屋主坦白地告訴她，屋主本人是一個弱女子，在等她丈夫回來，不敢放她進去，因爲她不知道會不會受騙。

她女兒說當她被拒絕的時候，她相信家家戶戶都在放聖誕音樂，平安夜，聖善夜，聖誕節應該是充滿了愛與關懷的日子，可是她卻被大家拒於千里之外，虧得她最後找到了這一座又破又舊的小房子，她知道這座小房子是不會用安全系統的，果然也找到了這位和氣而友善的屋主。

這位年輕的男孩子一面給我熱茶喝，一面發表他一個奇特的看法，他說家家戶戶都裝了安全系統，耶穌會到那裡去降生呢？可憐的聖母瑪利亞，可能連馬槽都找不到。

約翰聽了這些話，當然很不是滋味，可是他一再謝謝這位好心的年輕人，也邀他一起去吃晚飯，年輕人一聽到有人請他吃晚飯，立刻答應了，我想起我年輕的時候，也是如此，從未拒絕過任何一頓晚飯的邀約。

晚餐在一張長桌上吃的，夫妻兩人分坐長桌的兩端，一位臉上沒有表情穿制服的僕人來回送菜，每一道菜都是精點，每一種餐具更是講究無比，可是我想起當年我們在約翰家廚房吃飯情形，我覺得當年的飯好吃多了。

約翰的女兒顯得有點不自然，那位年輕人卻是最快樂的人，有多少吃多少，一副不吃白不吃的表情，吃完飯，已經十點了，約翰的女兒將年輕人送走了。

我卻有一個疑問，那些可愛的瓷娃娃到那裡去了?我不敢問，因爲答案一定是很尷尬的。第二天約翰送我到機場，他似乎稍微沈默了一點，下了汽車，他碰到另一部汽車，立刻警鈴大作，這又是他的傑作，自作自受地，我假裝沒有聽到，可是我看到他一臉不自然的表情。

他也無法送我去候機室，安全系統規定送客者早就該留步了。

一年以後，我忽然在《華爾街日報》上看到一則消息，約翰將他的公司賣掉了，他一夜間得到了四億多美金，他的豪華住宅賣了五百萬美金，約翰在記者會上宣布，他留下一個零頭，用四億多美金成立一個慈善基金會，基金會的董事們全是社會上有頭有臉的人，他不是董事，他也不會過問這個基金會如何行善，他完全信任這些董事們。

幾天以後，約翰夫婦不見了，他的親人替他們保密，他的女兒已和那位年輕人結了婚，到非洲去幫助窮人了，這位科技名人，就此失蹤了。

可是我有把握約翰會找我的，因爲我們的友誼比較特別，果眞我收到他的信了，他告訴我他現在住在英國一個偏遠的鄉下，這裡沒有一家人用安全系統，他給我他的電話和地址，可是他故意不給我他的門牌號碼，他叫我去找他們夫婦二人，而且他說我一定會找到他家的。

我找了一個機會去英國開會，也和約翰約好了去看他的時間，下了火車，我找到了那條街，那條街的一邊面對一大片山谷，沒有一幢房子，所以我只要看街的另一邊就可以了。

我在街上閒逛，忽然看到一幢房子的落地大玻璃窗與衆不同，因爲這個窗檯上放滿了瓷娃娃，好可愛的瓷娃娃，我想這一定是一家舊貨店，我想起約翰夫婦喜歡瓷娃娃，決定進去買一個送他們，沒有想到當我抬起頭來的時候，我看到約翰在裡面，這不是舊貨店，這是他們的家，只是他們的家完全對外開放，又放滿了瓷娃娃，才使我誤解了。

約翰夫婦熱情地招待我，他們的家比以前的豪宅小太多了，據他們說，這座小房子比他們當年傭人住的房子還小，也比他們當年的花房小，我記起他們家在冬天也有如此多的花，原來是有花房的緣故。

他們的明朝青花瓷器完全不見了，約翰夫婦將那些瓷器捐給了紐約的一家博物館，他們夫婦二人認爲人類文明的結晶，應該由人類全體所共享。

他們的園子也小得很，可是約翰夫婦仍在園子裡種了花草，他們的後園對著一大片森林，約翰說據說當年羅賓漢就出沒在這一片森林裡，而他們所面對的山谷由英國詩人協會所擁有，他們不會開發這片荒原的，英國人喜歡荒原，約翰夫婦也養成了在荒原中散步的習慣。

約翰告訴我爲什麼他最後決定放棄一切。他的公司得到了一個大合同，改善整個加州監獄的安全系統，他發現了加州花在監獄上的錢比花在教育上的還多，而他呢？他越來越有錢，卻越來越像住在一座監獄裡面。美國人一向標榜「自由而且開放」的社會，其實美國人卻越來越將自己封閉起來，越來越使自己失去自由。約翰決心不再拚命賺錢，只爲了找回失去了好久的自由。

約翰夫婦在附近的一家高中教書，這所學校其實有點像專科學校，約翰教線路設計，學生所設計出來的線路經常得獎，他捐了很多錢給這所學校，使這所學校有很好的圖書館和實驗室，他太太在那裡教英文。

約翰告訴我他們兩人的薪水就足足應付他們的生活了，因爲他們生活得很簡單，平時騎自行車上班，連汽油都用得很少。

當我們坐下來吃晚飯的時候，我才發現我的那座女孩子瓷娃娃放在桌子中間，他們當時念舊，捨不得丟掉那些瓷娃娃，可是替他們設計內部裝潢的設計師不讓他擺設這些不值錢的東西，現在那些值錢的東西都不見了，不值錢的瓷娃娃又出現了。

我總算吃到了我當年常吃到的晚飯，也重新享受到約翰夫婦家中的溫暖。

我離開的時候，約翰送我去火車站，他告訴我他還有一些錢，他的女兒不會要他的這些錢，等他和他太太都去世了，他的錢就全部捐出去了。

我說我好佩服他，因爲他已經捐出他的全部所有，他忽然一笑，告訴我他仍有一樣寶物，沒有捐掉。我對此大爲好奇，問他是什麼，他說他要賣一個關子，他用一張小紙寫了下來，交給我，但叫我現在不要看，等火車開了以後再看，上面寫的是他不會捐出去的寶物。

火車開了，我和站在月台上的約翰揮手再見，等我看不見他以後，打開了那張紙，紙上寫的是「我的靈魂」。

我坐在火車裡，不禁一直想著，有些人什麼都有，卻失落了自己的靈魂。

八十六年十二月二十日聯副

苦工

我做大學教授已經很多年了，我注意到大學男生屬於白面書生的已經是非常少了，大多數男生都有很健康的膚色，可是比起在外面做工的工人來說，似乎我們的大學生仍然白得多了。

張炳漢是少數皮膚非常黑的那種大學生，難怪他的外號叫作「小黑」，我是他的導師，第一天師生面談，他就解釋給我聽爲何他如此之黑，他說他從高二開始就去工地做小工，再加上他是屏東鄉下長大的，所以皮膚黑得不得了。他說他家不富有，學費和生活費都要靠哥哥，而他哥哥就是一位完全靠勞力賺錢的建築工人，他大一暑假就跟著他哥哥打工，賺了幾萬元。

有一天，一位屏東縣社會局的社工人員來找我，他告訴我一件令我大吃一驚的事，他說張炳漢現在的父母絕不可能是他的親生父母，因爲他們血型都是O型，而張炳漢卻是A型，他們早就發現了這個個案，經過電腦資料庫不斷的搜尋，他們總算找到了他的親生父母。長話短說，我只在這裡說一個強有力的證據：他們發現張炳漢其實是走失的孩子，他現在的父母領養了他，而他被發現時穿的衣服也有很淸楚的記錄，當時他只有二歲，十八年來，他的親生父母仍保留著當年尋人的廣告，也從未放棄過找他的意念，那個廣告上的衣服和小黑當年被找到的完全吻合，再加上其他的證據，他們已可百分之百地確定小黑可以回到親生父母的懷抱了。

社工人員問我小黑是一個什麼樣的孩子，我告訴他小黑性格非常爽朗，他建議我們立刻告訴他這個消息。

小黑聽到了這個消息，當然感到十分地激動，可是，他告訴我，他早就知道他的父母不可能是他的親生父母，血型是一個因素，另一個因素是他和他哥哥完全不像，他哥哥不太會念書，國中畢業以後就去做工了，他卻對念書一點困難也沒有，他哥哥體格也比他強壯得多。他們倆唯一相同之處是口音，可是他認爲這是因爲他從小學他哥哥的緣故。

不要看小黑年紀輕輕，他的決定卻充滿了智慧，他說他不知道他的親生父母是什麼人物，可是不論他們是什麼人，他的身分證上父母欄不會改變，他的理由非常簡單：他們對我這麼好，收養了我，含辛茹苦地將我帶大，我這一輩子都會認他們爲爸爸媽媽。至於親生父母，我會孝順他們，將他們看成自已的父母，只是在法律上，我不要認祖歸宗了。

我和社工人員都爲小黑的決定深受感動，社工人員告訴小黑，他的生父是一位地位不小的公務員，生母是中學老師，他們還有一個兒子，比小黑小一歲，念大學一年級，他們住在台北。

小黑表現得出奇鎮靜，他要和社工人員一齊回屏東去，將這一切告訴他的爸爸媽媽，他的爸爸媽媽是典型的鄉下好人，他們聽到這個好消息立刻和台北方面聯絡，約好週六小黑去台北見他的親生父母。

誰陪他去呢？這個責任落到我和太太身上，我們夫婦二人抓了小黑，到街上去買了新的牛仔褲，新的花襯衫，當時已冷了，我們順便又替他買了一件新毛衣，星期六一早就從台中開車去台北「相親」。

小黑雖然是個壯漢，可是當他走下汽車的時候，兩腿都有點軟了，幾乎由我和太太扶著他進電梯上樓，大門打開，小黑的媽媽將他一把抱住，哭得像個淚人兒，小黑有沒有掉眼淚，我已不記得了，我發現小黑比他媽媽高一個頭，現在是由他來輕拍安慰媽媽。事後，他告訴我，當天他在回台中的火車上，大哭一場，弄得旁邊的人莫明其妙。我和我太太當然識相地只坐了半小時就走了，半小時內，我觀察到他的親生父母都是非常入情入理的人，他的弟弟和他很像，可是白得多，和小黑一比，眞是所謂的白面書生了。我心中暗自得意，覺得還是我們的小黑比較漂亮，尤其他笑的時候，黝黑的臉上露出一口白白的牙齒，有一種男孩子特別的魅力。

小黑收到了一件夾克做爲禮物，是滑雪的那種羽毛衣，小黑當場試穿，完全合身，這也靠我事先通風報信，將小黑的尺寸告訴了他的親生父母。

我的工作還沒有結束，小黑要我請客，將他的「雙方家長」都請到台中來，我這個導師只好聽命，除了兩對爸媽以外，我還請了小黑的哥哥和他的親弟弟，因爲大家都是很眞誠的人，餐會進行得十分愉快，我發現小黑的哥哥的確比他壯得多，我又發現小黑的弟弟比他們白了太多，小黑好像感到這一點，他說他還有一個綽號，叫做「非洲小白臉」，他顯然希望由此說來縮短他和弟弟間的距離。

小黑的帳戶中增加了很多錢，可是小黑的生活一如往常，只是週末有時北上台北，有時南下屏東，他的親生母親一開始時每天打電話來噓寒問暖，他只好求饒，因爲同學們已經開始嘲笑他了。

大二暑假開始，小黑向我辭行，我問他暑假中要做什麼？他說他要去做苦工，我暗示他可以不必擔心學費和生活費了，他說他一定要再去屏東，和他哥哥在一起做一個暑假的苦工，他要讓他哥哥知道他沒有變，他仍是他的弟弟。

我知道屏東的太陽毒得厲害，在烈日之下抬磚頭、搬水泥，不是什麼舒服的事，我有點捨不得他做這種苦工。小黑看出了我的表情，安慰我，教我不要擔心，他說他就是喜歡做苦工，他還告訴我他做工的時候，向來打赤膊打赤腳，這是他最痛快的時候。

可是小黑沒有騙得了我，我知道小黑不是爲了喜歡打赤膊、打赤腳而去做苦工的，如果僅僅只要享受這種樂趣，去游泳就可以了，我知道他去做工，完全是爲了要作一個好弟弟。

小黑大三沒有做工了，他是資訊系的學生，大三都有做實驗的計畫，整個暑假都在電腦房裡，他自己說，他一定白了很多。

暑假快結束的時候，我看到小黑身旁多了一個年輕人，在他旁邊玩電腦，我覺得他有點面善，小黑替我介紹，原來這就是他弟弟，可是我怎麼樣都認不出來了。他過去不是個白面書生嗎？現在為什麼黑了好多，也強壯多了？

小黑的弟弟告訴我，他已經打了兩個暑假的苦工，都是在屏東，兩個暑假下來，他就永遠黑掉了，我忍不住問他，難道他也需要錢嗎？

小黑的弟弟笑了，黝黑的臉，露出了一嘴的白牙齒，他指著小黑對我說「我要當他的弟弟」。

在烈日下做了兩個暑假的苦工，他真的當成小黑的弟弟了。

八十七年二月六日聯副

考試

——僅以此文獻給全國辛苦教書的中小學老師

明天，我就要退休了。

做了整整三十五年的中學老師，我可以說我這一輩子過得非常充實，非常有意義。我到現在還記得我開始當中學老師的那一年，我一畢業，就進入了一所明星中學去教數學，學生完全是經過精挑細選選出來的，很少功課不好，我教起來當然是得心應手，輕鬆得很。隨便我怎麼出題目，都考不倒他們。

可是，我忽然注意到班上有一位同學上課似乎非常心不在焉，老是對著天花板發呆。期中考，他的數學只得了十五分，太奇怪了，全班就只有他不及格，而且分數如此之差。

有一天，放學以後，我請他和我談天，這小子一問三不知，對他的成績大幅滑落，他講不出任何理由。他一再地說他上課聽不懂我講什麼，我卻覺得他不用功，因此就威脅他，說要找他的家長談談。這位學生一聽到我要去找他的家長，立刻緊張了起來，他說他的父親生病去世了，當時他只有五歲，母親改嫁後到了美國，沒有帶他去，他一個人和祖母一起住，經濟情形很好，可是他說祖母年紀大了，連國語都不太會講，也不認識字，如果她知道了他功課不好，一定會非常傷心的。他被我逼急了，忽然問我：「老師，難道你以為我騙你？難道我會做題目，而假裝不會做？」

我被他問得啞口無言，除了鼓勵他以後上課要用功一點以外，還願意替他補習數學，而且當天晚上就開始。

這位同學一開始還老大不願意接受我做他的義務家教老師，可是由於我的堅持，他只好晚上乖乖地在我的督導之下做習題，我發現他其實不笨，只是對數學反應慢了一點，可是由於我每週替他補習二次，他終於趕上了進度，考得越來越好。二個月以後，我就不管他了。

這位學生以後就和我很親密了，當時我們夫妻二人沒有小孩，我太太知道這孩子沒有父母以後，就找他來吃飯，他有什麼事情，一定會來找我商量，包括一些生涯規劃的問題。

他考大學也算順利，去成功嶺以前還來向我們辭行，可是第三天，我收到一封他的信，信的內容令我吃了一驚。

老師：

請原諒我騙了你一次，當年我功課忽然一落千丈，是我故意的，我一直沒有爸爸，也想有個爸爸，這樣，如果有什麼問題，我好問問他，因此我心生一計，我發現我的英文老師，國文老師和數學老師都是男老師，我決定假裝功課不好，看看他們反應如何。

我的英文老師對我的成績是無動於衷，他將考卷還給我的時候，一點表情也沒有，我的國文老師將我臭罵一陣，他說他最痛恨不用功的學生，他罰我站了一小時，我雖然只有高一，個子已經很高，高個子最怕罰站，這麼大的人了，還要被羞辱，我當然心情不好，第二天〈赤壁賦〉一個字也背不出來，國文老師發現我交了白卷以後，立刻又罰我站，然後，在下課的時候，他向全班宣布，他已放棄了我。

唯一關心我的就是你，你不但一再地問我怎麼一回事，還替我補習。其實你只要關心就夠了，我完全沒有想到你免費地當我的家教老師，我必須假裝不懂，如此裝了整整兩個月之後，才脫離苦海，但我從此發現我很會演戲。

最使我感動的人，其實是師母，她對我的關心，令我永遠也忘不了。師母第一次請我去吃晚飯，正好寒流過境，我故意沒有穿夾克。師母一看到我衣服單薄，立刻押著我去附近的冬衣地攤，替我選了一件厚夾克，我知道你們老師薪水不高，還對我這麼好，我知道我找到爸爸媽媽了。

我從此以後將你當作我的爸爸，有什麼事，我都會問你，你也都會給我建議，我也偷偷地學你的爲人處事。你對人誠懇，我也因此儘量對人誠懇，這些都是你所不知道的事。

我要在此請你原諒我，我當年騙你，實在是迫不得已，我的確需要一個好爸爸，也虧得你對我關懷，使我從此凡事都有人可以商量。

由於你在我功課不好的時候沒有放棄我，你是我一生中對我影響最大的人。

祝

教安

騙你的學生

張某某上

這封信卻令我出了一身冷汗，我們作老師的一天到晚考學生，我們很少想到學生也在考我們。我的那位學生出了一個考題，顯然只有我通過了這場考試。

我從此以後就特別注意後段班的同學，無論他們的資質如何，我都不輕言放棄，我總會儘量地幫助他們，使他們能學多少就學多少。這麼多年來，我教了不知道多少功課不好的同學，有幾位大器晚成，還得到了博士學位，不論他們的學業成就如何，他們都在社會上有工作可做，沒有一位出問題的。

我發現後段班同學雖然成就不見得好，卻非常感激我，他們的任何成就，不論大小，都令我感到驕傲。

明天，有很多我過去教過的學生來參加我的退休茶會，大多數恐怕都是當年的後段班同學，那位騙我的同學當然一定會來，他的事業很成功，一直和我保持密切的聯絡。我要在明天告訴他，我才應該謝謝他，他改變了我的一生，他是我一生中對我影響最大的人。

八十七年三月十三日聯副

最貪婪的人

我一直在新竹寶山鄉的德蘭中心做義工，每次和那些小孩子玩，我就會變得情緒極好，他們喜歡我，我也喜歡他們。

有一年，快過聖誕節了，我去德蘭中心，那些孩子們在畫一張聖誕卡，他們說這是專門替我畫的，有一個二年級的男孩子專門負責寫字，他寫了一些字以後，就叫周圍的小朋友來簽名。

我拿到這張聖誕卡，卻覺得好奇怪，因爲卡片上寫著「李老師：你是世界上最貪婪的人」，他們爲什麼如此寫呢？那個小男孩一面給我，一面還親我一下，大家也都仍然和我瘋成一團，看起來，他們對我好得很，可是，爲什麼說我是世界上最貪婪的人呢？聖誕節以後一切都照常，孩子們雖然都認爲我貪婪無比，可是對我一直都非常親熱。

有一天，我和負責的修女聊天，修女一面在聽一個小孩子背書，一面在記帳，她告訴我她們這個月的伙食費是四千七百一十四元。這個兒童中心大大小小有五十多個人，怎麼會只用掉這點錢？

修女告訴我，她完全靠別人幫忙，附近的肉販會輪流送肉來，如此已有四十年了，蔬菜、水果、蛋也都有人送，米、奶粉更完全從來沒有去買過。

當天我在廚房裡看到一個年輕人送來三隻又大又肥的烤雞，他聊了一陣子就離開了，我問修女們這些烤雞多少錢，修女忽然顯得有些不好意思，她們說之前常向這家烤雞店訂烤雞，老闆從不肯收她們的錢，所以她們養成了習慣，也就忘了問價錢。

事實上也不是只有人送錢和東西，教電腦的年輕人來自工研院的電子通訊研究所，他花上好多時間維護那裡的電腦，也使小朋友們在小學時就會玩一些電腦裡的軟體，孩子們要補習有的是交大和清大的同學來做義工。有一天我發現好幾位年輕人在做搬書的工作，這些做苦工的男孩子全部是清大資訊系博士班的學生。

我終於弄懂是怎麼一回事了，那位說我貪婪的小孩子最近開始看報，報上常常說台灣是貪婪之島，而他並不懂貪婪的意義，對他來說台灣是個充滿愛心之島，因爲他所接觸的人全都是充滿愛心，修女和老師們當然都充滿愛心，連來訪問他們的人也個個是好人，所以他誤以爲「貪婪」就是「有愛心」，他們說我貪婪，其實是指我有愛心。

德蘭中心的孩子是有福的，因爲他們不知道貪婪的眞正意義。

我將這個故事告訴了我的學生，他們都覺得好有趣，有一次，有一位學生找到了薪水很高的工作，他寫信告訴我這個消息，然後又加了一句「老師：我可以表現一下我的貪婪了」，我當然懂他，他意思是說他以後可以捐錢給窮人，表現他的愛心。

今天，我又收到一張我學生寄的聖誕卡，聖誕卡上說，「老師：你可以放心，我越來越貪婪了」。

八十七年二月十一日聯副

永保「年青」

「青春旗」找我寫稿，令我受寵若驚，因爲我已經六十多歲了。實在沒有資格談青春了。年輕人和老年人最大的不同，不在於體力上，而在於絕大多數的年輕人總對未來充滿了希望，而老年人呢，他如果聰明的話，一定會知道，他已經前途「無」量了，當年他也曾年輕過，也有一條寬廣的道路可走，可是一路走來，他發現路越走越窄，終於走到盡頭了。

人總會老的，年輕人再怎麼精力充沛，也會有一天發現他已老了。無論他如何想在他的事業上打拚，可是總要到達「交棒」的那一天。因此我不在這裡談如何永遠不在事業上退休，因爲這是不可能的事。

可是，任何一個人，都可以永保青春的，任何一個人，都可以有一個不要交棒的事業。

以我來說，年輕的時候能夠進入台大電機系就讀，後來又能進入柏克萊念研究所，固然都極爲幸運，因爲當時的學業奠定了我事業的基礎，可是，我認爲我年輕時最幸運的是在那時就養成了做義工的習慣。

我念大學的時候，就誤打誤撞地到監獄和醫院去服務，這些服務使我發現了世界上有好多值得我們同情的人，也使我一直除了注意我自己的事業以外，總能不忘記多多地關懷別人。雖然我即將在學術界退休，可是我可以一直繼續不斷地擔任義工，幫助很多弱勢團體。

有一次，我在台大醫院的走廊裡看到一位年輕警察，我不認識他，他卻認識我，他告訴我他目前正在看顧一位快去世的年老犯人，四十年前，監獄裡沒有熱水系統，只有一個熱水池，犯人輪流地去用水桶裝熱水，然後挑到浴室去，這位犯人年歲太大，一不小心，滑倒在地，全身被熱水灼傷，送到台大醫院的時候，已經快去世了。

這位警察知道我有宗教信仰，他自己雖然不信教卻希望有人能在老人臨終時，替他祈禱。我不是神職人員，可是在此危急時刻，當然願意。在我祈禱之後還輕輕地唱了一首聖歌，沒有想到那位年輕警察竟然落下了眼淚。

他一再地說他們不應該派年老的犯人去做如此危險的工作，他希望上天能寬恕他們。在我要離開的時候，這位年輕的警察握住我的手，向我說：「李先生，你們信教的人，在祈禱的時候，一定要爲全世界受難的人祈禱，世界上可憐的人太多了」。

談到可憐的人，我永遠不能忘記那個瘦瘦小小的小孩子，小小年紀就被抓進了監獄。有一天，我去監獄，裡面亂成一團，因爲有大官要來訪問，當時監獄裡蒼蠅很多，有人給那個小犯人一支蒼蠅拍，叫他打蒼蠅，他不太會打。我反正沒事，就拿過了蒼蠅拍，替他打。我當時蹲著，沒有想到他忽然將我緊緊抱住，好久都不放，這個孩子來自非常窮苦的家庭，一輩子沒有陌生人對他表示關懷過，我這麼一個小小的動作顯然帶給他很大的溫暖。

我現在還在做義工，將來從學術的崗位上退休以後，一定要更加全心全意地去做義工，我深深知道，我的能力雖然有限，但仍能使很多人得到某種程度的溫暖。我不會覺得自己已經老了，我會永遠對未來充滿希望，我會永遠做個「年青人」。

八十七年二月十一日《中國時報．浮世繪》

我的讀書習慣

我首先要在此解釋，我這裡所謂的看書，不是指專業的書。以我來講，我的專業與數學有關，因此也不會談我如何看數學書。我所指的書，是指與專業無關的書。為什麼我們該常常看與專業無關的書？

也許有人知道伊朗曾經是個王國，最後一位皇帝叫做巴勒維二世（究竟是否二世，我已記不得了，這點其實不重要）。有一次，他訪問美國，美國總統在白宮以國宴款待之，國宴時有樂隊奏樂，這些樂曲都要經過專人審定的，那天樂隊奏了一支《阿拉伯之夜》之類的曲子，大概國務院認為伊朗是個回教國家，既然是回教國家，又在中東，當然就是阿拉伯國家。其實伊朗人不是阿拉伯人，是波斯人，雖然同屬回教國家，卻和阿拉伯國家多次起衝突。難怪伊朗王當場大怒，事後國務院還要道歉。

我們都學過外國歷史，可是我們能夠說我們熟悉每一個國家的歷史嗎？這是不可能的。隨便舉一個例，大家都知道西班牙是一個天主教國家，恐怕很少人知道它曾經被阿拉伯人統治過，去過西班牙的人都會注意到回教文化的遺跡。我們也都知道土耳其是一個回教國家，可是很少人知道它曾經是基督教文明的重要地區，伊斯坦堡曾經是君士坦丁堡，也是東羅馬帝國的首都，伊斯坦堡至今仍保留聖索菲亞大教堂。在土耳其境內還可以看到聖約翰的墓，甚至也可以找到據說是聖母瑪利亞住過的一幢房子。如果我們再問一個問題，蘇聯的加盟共和國中有很多都是回教國家，他們怎麼會變成蘇聯的一部分？能夠回答這個問題的人一定是少之又少了。

我因爲職務的原因，常要和很多教授聊天，我發現外國理工科的教授常常有相當好的文學修養，有一次我接待一位史丹佛大學的數學系教授，我告訴他清華大學正在演一齣叫做《*The Visit*》的話劇，我只知道這個話劇有電影的版本，主角是英格麗褒曼，可是這位教授可以明確地指出這劇本的原作者，也能如數家珍地談作者其他的作品。

我的指導教授雖然是教計算機科學的，可是有一陣子，他每天一早起來，收聽密西根大學有關莎士比亞的廣播。他如此做，絕不只是因爲他的專業，而是要增進人文素養。

有一次，我到義大利去參觀一家很大的電腦公司，接待我的人當然是一位電腦專家，可是他太太卻是一位研究林語堂的學者，當初那家公司之所以選上那位專家來接待我，其中最重要的原因，就是因爲他太太的專長。這位女士和我大談林語堂的文學，我非常地慚愧，因爲我對林語堂的了解實在不多。接待我的電腦專家還告訴我，他是負責國際行銷的，他們這種人都必須對於各國文化有相當不錯的了解，那天晚宴中，他果眞展露了他的才華。比方說，他能很淸楚地說出有關蘇聯（那時候還沒有獨立國協）的歷史，他還說蘇聯一旦解體，種族糾紛就會浮現，現在我才知道他當時預言的準確性。

各位可以看出，我們國家如果要提高競爭力，要使我們的國家在國際舞台上扮演比較重要的角色，就必須使我們的國民有相當好的知識，而這些知識也不是在學校裡所能全部得到的，我們的國民必須要養成看書的習慣，不僅在求學時就喜歡課外書，畢業以後，更應該有終身看書的習慣。

我們念書的一個目的是充實我們的知識，可是我們當然有另一個目的：提升我們的精神生活，現在街上有很多勵志的書，顯然大家都希望能夠藉由書籍來使我們有很充實的精神生活。

我們知道了我們為什麼要念書：增加知識和提高精神生活，問題是：我們該看什麼書？

有一年，我要到土耳其去參觀，去以前我感覺對土耳其的了解太膚淺了，於是我到圖書館去找有關土耳其的書，我一共找到了四本書，三本都是又厚又重又嚴肅的書，我實在沒有時間看這種書，幸運得很，第四本書是梁丹丰女士寫的，她曾經被土耳其觀光局請去繪圖，她也就趁機寫一本遊記，這本遊記不僅對土耳其的歷史、文化和風俗都做了有趣的介紹，而且還有很多圖畫。我在飛機上以愉快而輕鬆的心情看完了這本書，下了飛機，我已能和來接我的當地人士交談。

我說以上的故事，是因為我認為我們中國人自古就對念書有一個過分嚴肅的看法，我們說「讀聖賢書，所學何事？」在不知不覺中，我們會一般性的將念書看成了念聖賢書，我們的長輩們叫我們正襟危坐地看書，也要仔細用心地看，最好還要做眉批。很多人甚至勸我們不要看雜書。

這種過分嚴肅的看法，是我國人民不太喜歡念書的主要原因，我們太不注意「興趣」這兩個字了。

我們很多人都喜歡運動，中學生在大熱天，也會在大太陽底下打籃球，我們試問，大家打球的目的在增加體力嗎？恐怕一個也沒有，絕大多數的中學生打籃球完全是因爲他們喜歡打籃球，沒有任何崇高的目的。

我因此推銷一個觀念：念書應該是一件輕鬆而有趣的事。如果念書是一件嚴肅的事，國人是永遠不可能有終身念書習慣的。

既然念書應該是一件輕鬆的事，我們就應該每天念書，而最輕鬆的辦法就是每天看報，就以我寫這篇文章這天來講，我們可以知道大法官爲什要宣布集會遊行法第四條「集會，遊行不得主張共產主義或分裂國土」之規定違憲，但同時也認爲同法第八、第十一條等規定不違憲。也可以看到有關新聞自由的討論，如果我們看得仔細一點的話，我們還可以看到「定期拍賣經營權」的解釋。單單這一天，看報就可以增加不少寶貴的知識。

除了看報以外，我還看兩份新聞雜誌：《時代週刊》和《新聞週刊》。從這些新聞雜誌中，我可以學到很多有關政治、經濟等等的新知識，不但如此，我還從這些雜誌的新聞中得到不少寫作的靈感。看到巴西警察殺害流浪街頭的小孩子，我寫出了〈胎記〉，看到美國一位將領下令使用落葉劑，結果兒子得了癌症，我寫出了〈紐特，你為什麼殺了我？〉。看到一位南非記者拍的一張照片，照片中一個小女孩因戰亂而奄奄一息，一隻大禿鷹站在後面準備吃她，這則新聞讓我完成了〈我只有八歲〉。看南非小犀牛被殺的新聞我寫出了〈考試〉。

有好一陣子，全世界都對伊朗國王巴勒維二世大捧特捧，大多數的西方國家尤其喜歡他，因為他親西方，生活也極端西化，西方的媒體一致讚揚他將伊朗從一個落後的國家一下子變成了現代化的國家，可是就在那個時候，我在英國《泰晤士報》上看到一篇分析性的文章，文章作者認為伊朗王過度急速地現代化，未免太不注意伊朗的歷史背景，這種作法，很可能遭到回教徒的反彈，果真如此，不久，伊朗王被迫下台，流亡海外，伊朗被回教基本教義派占領了，我很佩服那位記者的眞知灼見，也感到幸運能在飛機上讀到這篇文章，好的報紙，好的新聞雜誌的確會增進我們的知識。

雖然看新聞雜誌可以學到不少，我仍不滿意，我感覺到這些雜誌對於新聞的背景報導得不夠，因此我在靜宜大學發行了《靜宜大學新聞深度分析》。對於很多新聞，我們都會請專家對它們寫一篇背景分析，聖嬰現象、歐洲單一貨幣、庫藏股、兩稅合一、緘默權、內閣制、車臣戰爭、波士尼亞戰事、西藏問題、狂牛症、複製生物等等，我們都有很深入的背景分析，會看網路的人可以從靜宜大學的首頁看到這份雜誌，我義不容辭地每篇都看，也學到不少。

以上談的都是有關增廣知識方面的，我曾在前面說過，我們念書的另一目的是在提升我們的精神生活。如何提高我們的精神生活呢？很多人會建議我們多看勵志的書，我當然不會反對大家去看勵志的書，可是我卻認爲我從小說那裡所得到的好觀念，比從那些純勵志的書要多得多。

就以我的宗教信仰來說，身爲天主教徒，我當然該念有關基督教義的書，可是什麼書對我影響最深呢？

影響我最深的書很多都是小說，格雷安葛林的《權力與榮耀》，約瑟夫格崇的*Joshua*（似乎尚沒有中譯本），遠藤周作的《深河》都對我影響甚深，尤其《深河》，是我最喜歡的宗教性小說，故事是說一位日本神父在印度加爾各答的行徑，對基督教義有點了解的人都會發現，這本書對於基督的教義做了相當好的詮釋。據我所知，這是遠藤周作的最後遺作，在我看來，這也是他登峰造極的作品。*Joshua* 談的是一位沈默的人悄悄地來到鎮上，他的無私震驚了社會，他是誰？他的下場又是如何？這本書已是美國的暢銷書，也是我認爲基督徒都該看的書。

人類的沈淪是我們最關心的問題之一，我們常眼看一群有理想、有原則的年輕人在踏入社會以後變壞了；有時也會看到一群有理想的人組織了一個團體，一開始，這個組織一切照理想行事，可是時間長了以後，組織雖然存在，理想卻已完全消失了。

《蒼蠅王》是我相當欣賞的一本小說，因爲這本小說描寫的就是人類的沈淪：一群教堂唱詩班的孩子，乘坐一架飛機出國演唱，飛機出事，強迫在一座無人居住的荒島上，機上的大人都死了，只剩下這批小孩子全都活著，一開始他們都能互相合作，可是由於黑夜中野獸叫聲所造成的恐怖，孩子們開始互相猜忌，也互相殘殺，本來非常天真的孩子們現在變成了殺人者，所幸一艘英國軍艦來了，將孩子們從日漸野蠻的狀況之下救了出來，殘殺終於停止了，可是軍艦的任務是駛向另一個戰場，一個成人互相殘殺的戰場。

這本小說被搬上螢幕，電影中，孩子們出去打仗的時候，他們會一齊唱一首歌，因為我聽過拉丁文彌撒，所以我知道這首歌是《上主，求禰垂憐》，孩子們唱詩班出身，只會唱聖詩。唱者無意，聽者有心，看過這場電影的人，都應對《上主，求禰垂憐》有更深的感受。最近我又看了一場電影，描寫一些海地偷渡客在一艘俄羅斯貨船上的悲劇故事，這部電影結束時的電影配樂，也是《上主，求禰垂憐》。

我們如果注意政治的話，一定會注意到政客們常常會替自己製造一個敵人，然後以全力打倒這個敵人，不幸的是，政客們打倒自己所製造敵人的過程中，可能帶給國家和社會極大的災難。希特勒就是一個典型的例子，他領導全德國的人民打倒猶太人，德國人也居然心悅誠服和他並肩作戰，希特勒的下場也許夠悲慘，可是他國人的遭遇才眞的悲慘。

《白鯨記》講的就是這種假想敵的故事，那位船長不知何故，恨上了一條白色的鯨魚，他一生的願望就是要殺掉這條鯨魚，雖然最後如願以償，但是船沈人亡，船長本人當然死了，全船的水手也跟著船長一起葬身海底，他們為什要跟隨船長去殺白鯨？恐怕他們自己也不明白。

《白鯨記》當然是個虛構的故事，可是現實生活中，我們卻在每天上演《白鯨記》。

我們都多多少少有一種雙重人格的問題，我們有時會有善良的思想，同時也會有邪惡的想法。這是誰都知道的事實，可是史蒂文生將它寫成了《化身博士》，自從這本書以後，很多人寫多重人格的小說，很多電影也以此爲主題，可是這些書和電影似乎跳不出《化身博士》的框框。

我們每個做科學研究的人，都會擔心自己的研究會不會有不良的後遺症，這種憂慮在《科學怪人》這本書中表現得淋漓盡致，《科學怪人》的作者是一位女士：詩人雪萊的太太，科幻小說現在已經滿街都是，可是在一百八十年前就有此想像力著實不易也。作者是一位女性，尤其值得我們注意。

我介紹的這幾本書當然都是經典名著，這些名著之所以能永垂不朽，不僅在於內容充滿哲理，而且佈局都非常精彩，看起來令人趣味無窮。

我個人一直對推理小說最有興趣，談到推理小說，大家一定想到福爾摩斯，我小時候也是從接觸福爾摩斯開始的，以後我變成克莉斯蒂迷，她的《童謠謀殺案》是我最欣賞的推理小說。一群人來到一個與世隔絕的島上，然後一個個的全部被謀殺而死，兇手是誰呢？難怪這本小說一直被推崇爲有史以來最偉大的推理小說。麥田出版的昆恩系列和星光出版社的世界推理經典小說系列都十分精彩，可是我還要介紹兩個相當不錯的作家，好像這兩個作家都還沒有引起國內的注意。

第一位是桃樂斯賽雅（我的譯名，原名 Dorothy Sayer），網路上最大的推理小說討論群，就以她爲名，可見她在推理小說界的名氣之大，她的小說很多都是在二次大戰左右完成的，我才看完一本叫做《毒物》，一位有名的人在飯館裡吃完一頓飯以後就去世了，而且法醫證實他是被毒死的，問題是：有人和他一同吃飯，很多菜沒有吃完也被飯館裡的人吃掉了，別人都活得好好的，只有他一命嗚呼。還有一本書更有趣，死者是報社裡的職員，這個故事牽扯到了密碼學，福爾摩斯探案中也有，可是這密碼技巧高級多了。

另一位作者叫安德魯格里內（我的譯名，原名 Andrew Greely），他是一位天主教神父，這聽起來有些荒唐，我也不知道教會對格里內神父的看法如何。可是他的推理小說卻已大受歡迎，據說他寫的小說已賣了一千五百萬本。有一本開始就說有人被遙控炸彈炸死了，遙控器上找到了，就在死者被炸的房間裡，上面只有死者的指紋，這個佈局一下子我就被吸引住了。

讀推理小說，至少有兩個好處：第一，他可以訓練我們邏輯思想，第二，是增加我們的創造力和想像力。

好的推理小說必須是邏輯上天衣無縫的，我常鼓勵我們的博士班學生看克莉絲蒂的小說，並設法找出破綻來，他們從來沒有成功過，而我有時也看一些目前所謂懸疑小說，這些小說好像專門爲好萊塢寫的，內容的確有趣，可是常常破綻百出。最近被拍成電影的「The Client」（電影名爲《終極證人》）雖然非常有趣，可是一開始就有嚴重的破綻，讀者不妨去買來看看，看能否找出破綻。

好的推理小說當然是充滿了創造力和想像力，我總認爲，我們中國人在工作勤奮上絕對超過了洋人，唯獨在創造力方面不如他們，創造力不僅對寫小說有用，對做學術研究，依然有用，對發展工業技術，更是有用。我在此大聲疾呼，不僅學人文科學的人應該多看充滿創意的小說，學理工也應如此。

我很幸運，小的時候，爸爸就使我養成了看報的習慣，他也從不反對我看小說，小學四年級時我就已經看完了《三國演義》和《水滸傳》，也開始看推理小說，《主教謀殺案》就是哥哥介紹給我看的，當時我只是小學五年級的學生，我無論到那裡去旅行，行李中總不忘塞一本小說進去。

我很幸運能夠看英文的新聞雜誌和英文小說，一開始的確很難，可是看久了就不困難了。我們念大學的時候，沒有任何的語言教學設備，我們還不是學會了英文，現在各大學都有良好的語言學習環境，同學們應該英文很好才對。前些日子，我看了格雷安葛林的《唐吉訶德蒙席》使我對天主教彌撒有完全不一樣的感受。

不論你將來想做什麼，工程師、科學家、祕書、社會服務人員、神父、佛教法師、基督教牧師、中小學老師、大學教授或者家庭主婦，我都勸你要看報和看小說的習慣，我尤其希望中小學老師們能夠使中小學生喜歡看課外讀物，對孩子們，對國家這都是一件好事。

八十七年四月四日—六日聯副

當代名家

陌生人 紀念版

2016年11月三版　　定價：新臺幣220元

2018年2月三版二刷

著者	李家同
責任編輯	顏艾琳
校對	周湘羚
封面設計	莊祐銘

出版者	聯經出版事業股份有限公司	總編輯	胡金倫
地址	新北市汐止區大同路一段369號1樓	總經理	陳芝宇
台北聯經書房	台北市新生南路三段94號	社長	羅國俊
電話	(02)23620308	發行人	林載爵
台中分公司	台中市北區崇德路一段198號		
暨門市電話	(04)22312023		
郵政劃撥	帳戶第0100559-3號		
郵撥電話	(02)23620308		
印刷者	世和印製企業有限公司		
總經銷	聯合發行股份有限公司		
發行所	新北市新店區寶橋路235巷6弄6號2F		
電話	(02)29178022		

行政院新聞局出版事業登記證局版臺業字第0130號

本書如有缺頁，破損，倒裝請寄回台北聯經書房更換。　ISBN 978-957-08-4822-9 (平裝)

聯經網址 http://www.linkingbooks.com.tw

電子信箱 e-mail:linking@udngroup.com

國家圖書館出版品預行編目資料

陌生人 紀念版／李家同著．
三版．臺北市：聯經．2016年11月
184面；14.8×21公分．（當代名家）
ISBN 978-957-08-4822-9(平裝)
[2018年2月三版二刷]

855 105019696